剣士の薬膳

赤い鬼

氷月　葵

この作品はコスミック文庫のために書下ろされました。
本作品はフィクションであり、史実と異なる脚色があることをお断りします。

目次

第一章　鬼面《きめん》の男……5
第二章　女医者……62
第三章　お払い箱……115
第四章　因果の糸車……166
第五章　鬼の行方……221

第一章　鬼面《きめん》の男

一

　家を出ようと土間に下りた清河涼安《きよかわりようあん》に、背中から声がかかった。弟の栄介《えいすけ》が座敷から首を延ばしてこちらを見ている。

「兄上、お出かけですか」

「うむ」と涼安は振り向いた。

「薬種問屋《やくしゆどんや》に行ってくる。頼んでいた生薬《しようやく》が入っているはずだ」

「そうですか、行ってらっしゃい」

　弟の言葉に頷《うなず》いて、涼安は家を出て、細い道を歩き出した。秋の風が空から吹き込んでくる。

　江戸の中心から外れた本郷《ほんごう》の町は、人通りもさほど多くない。が、先に見えてきた表通りには、それなりの人通りもある。

その表通りから、一人の町人がこちらに入って来た。大店《おおだな》の手代と見えて身なりがよい。ゆっくりと歩きながら、きょろきょろと左右を見回している。

涼安は、えっ、と目を見開いた。

男の背後に人影が現れた。が、人とは違う。

赤鬼だ。

涼安は思わず足を止めて、見入った。赤鬼は、顔につけている面だった。町人を追って走って来る。

と、面の横でなにかが光った。

いかん、と涼安はその足を踏み出す。

赤鬼の手には、匕首《あいくち》が握られている。その刃《やいば》が光ったのだ。

赤鬼は町人を追い越し、身を翻《ひるがえ》した。

町人と向かい合った赤鬼は、匕首を振り上げ、

「金を出せっ」

と、怒鳴る。

町人は顔を引きつらせ、あとずさる。が、すぐに懐《ふところ》に手を入れ、巾着《きんちゃく》を差し出

した。涼安は駆け寄る。

「待てっ」

腰に差した脇差しを抜きながら、赤鬼の背後に迫る。

赤鬼は振り向くと、ちっと舌を打った。が、すでに巾着を握っていた。

赤鬼は身体を回すと、匕首を涼安に向けた。

涼安は足を止め、向き合う。と、その目を素早く動かし、赤鬼の姿を探った。

面の下から少したるんだ顎《あご》が見える。匕首を手にした手の皮膚にも張りがない。

若くはないのに、なぜ、こんなことを……。そう思いつつ、涼安は口を開いた。

「それを戻せ」

巾着を目顔で示して、町人へと顎をしゃくる。

「るせえっ」

赤鬼は匕首を正面に構える。

涼安は切っ先を赤鬼に向けて、じりじりと足を踏み出した。

赤鬼は面の下から、荒い息を吐いた。

涼安は脇差しを振り上げる。

「お待ちを」

そこに声が上がった。

町人があとずさりながら、涼安に手を上げた。

「いいんです」

え、と涼安はそちらに目を向ける。町人は頷いている。

と、その隙に、赤鬼が動いた。踵《きびす》を返し、走り出す。

「待て」

涼安が声を上げるが、鬼は駆けて行く。

そのまま表通りへと飛び出し、辻《つじ》を曲がってその姿は消えた。

涼安は追うために足を踏み出すが、町人がまた声を放った。

「ああ、おかまいなく」

こちらに寄りつつ、頭を下げる。

「しかし……」

訝《いぶか》る涼安に、町人は表通りを顎でしゃくった。

「渡した巾着には、大して入っちゃいないんです。あいつに襲われたときのために、持ち歩いているやつなもんで」

「なんと」涼安は眉を寄せた。

「あの者を知っているのですか」

刀を納めながら、涼安は赤鬼が消えた辻を見た。

町人は首をすくめる。

「はあ、ですが他人様《ひとさま》にお話しできるようなことではなく……主《あるじ》にも口外を禁じられているものですから。けど、ありがとうござんした」

礼儀正しく深々と腰を折って、町人は顔を上げた。

「そいじゃ、あたしはこれで……」

歩き出そうとするが、それを止めた。

「あのう、この辺りに、薬膳師《やくぜんし》の清河涼安先生の家があるはずなんですが、ご存じありませんか」

え、と涼安はひと息吸って、姿勢を正した。

「清河涼安はわたしだが」

「ええっ」

町人が身を反《そ》らす。その目を涼安の頭からつま先まで滑らせ、目を丸くした。その目が、頭に戻って留まる。月代《さかやき》のない総髪で、医者に多い髪型だ。町人は、慌てて腰を折った。

「こりゃ、失礼を。これほどお若い方とは思ってなかったもんですから」

頭を下げて、おずおずと上げる。

「あたしは日本橋《にほんばし》の小間物問屋、宝来屋《ほうらいや》の手代で佐吉《さきち》って言います」

再び深くお辞儀をする佐吉に、涼安は「ほう」と頷いた。

「して、なにか御用でしたか」

「はい。内儀《おかみ》の使いで参りました。涼安先生の薬膳の評判を聞いたので、ぜひ、作ってほしいということでして」

「ふむ、内儀さんですか。なにか病をお持ちですか」

「いやぁ」佐吉は首をひねる。

「病ってわけじゃ……そこらへんはよくわからないんですけど」

さらに首をかしげる佐吉に、涼安は小さな微笑《ほほえ》みを向けた。

「そうですか、では、お伺いして話を聞くとしましょう。が、今日はちと用事があるので、明日、昼過ぎに参ります。それでいかがですか」

「はい」佐吉が身体を伸ばした。

「いつでもけっこうと、内儀は申していましたんで。それでよろしくお願いいたします」

「承知しました」

涼安の返事に、「では」と腰を曲げ、佐吉は踵を返した。

小走りに表通りへと戻って行く。

ふうむ、と涼安もゆっくりと歩き出した。

赤鬼の姿を思い出しながら、小さく頭を振る。なにがなにやら……。

表に出ると、すでに佐吉の姿は小さくなっていた。


翌日。

日本橋の外れに立って、涼安は宝来屋という看板を見上げた。ここか……。

中へ入って佐吉の姿を探す。が、見当たらない。

「あのう」と、別の手代が声をかけてくる。

「清河涼安先生ですか」

「はい」

頷くと、手代は奥へと案内した。

「どうぞ、内儀さんから聞いてます。ご案内しますんで」

板間へと上がって長い廊下を進んで行く。

「こちらで」

通された部屋には、四十半ばほどに見える女が文机《ふづくえ》の帳面に向かっていた。きりりとした面持《おもも》ちで筆を動かしている。

「内儀さん、先生ですよ」

その言葉に、内儀は手を止めてくるりと膝の向きを変えた。

「まあまあ、お待ちしてました」

深々と頭を下げると、にこやかな顔を上げた。

「お邪魔を」

涼安は入って行くと、内儀と向かい合った。

「すみませんねえ、いきなりのお願いで」内儀はよく通る声でしゃべり続ける。「あたしはこの宝来屋の内儀でふくと言います。主はちょっと出ておりまして、ご挨拶《あいさつ》できませんで申し訳ありません。まあ、お呼び立てしたのはあたしなもんで、亭主はおらずともかまやしないんですけど」

その早口に、涼安は微笑んで頷いた。

「おふくさん、ですか。わたしが清河涼安です。おふくさんは薬膳をお求め、と伺いましたが」

「ええ、そうなんです」おふくは膝を動かして、間合いを詰めてきた。「あたし、近頃、皺《しわ》が気になって、いえ、歳が歳ですからしょうがないっちゃしょうがないのはわかっちゃいるんです。けど、お店にも出ますし、もうちょっとなんとかならないものかと思いまして」

　おふくは両手を顔に当てる。

「ふむ、お歳はいくつですか」

　涼安の問いに、

「四十ちょうどです」

　おふくは頬を軽く叩いた。
　四十、と涼安は口中でつぶやく。確かに、少し老けて見えるな……。
「肌が乾きやすいのではありませんか」

「そうなんです」おふくは手を広げる。

「若い頃からカサつきやすくて、冬なんか、すぐに顔がつっぱるんですよ。それに手とか足とかもね、がさがさになってひび割れたりして。脛《すね》なんて、ひどいと粉が吹いたようになって」

　おふくは手で脚の辺りをさする。

ふうむ、と涼安はおふくの顔を見つめた。

頬にも唇にも赤味がある。白目も少し赤みがかっている。肌には潤《うるお》いも張りもない。そのため、小皺が目尻から頬、口元に目立つ。

涼安はおふくの手を見た。手にもやはり皺が目立つ。

「おふくさんは暑がりではないですか」

そう問うと、おふくは手を打った。

「そう、そうなんです。やっと涼しくなったんで楽ですけど、夏のあいだはもう汗をかきっぱなしで。まあ、どうしてそんなことがわかるんですか」

おふくは身を反らして、目をくるくると動かす。

涼安は口元に浮かびそうになる笑みをそっと抑えた。声は張りがあって早口、動作も大きく勢いがある、陽の気が強いな……。

考えを巡らせながら、涼安はゆっくりと言葉を紡《つむ》いだ。

「人にはそれぞれに質《たち》というものがあります。質には陰陽の気が表れるのです。陽の気が強い人は振る舞いに活気があって、気の短い人が多い。おふくさんはせっかちなところがありませんか」

「まあまあ」おふくが両手を挙げる。

「よく店のもんから言われるんですよ、そう急《せ》かさないでくださいって。いえ、自分でもわかっちゃいるんですけどね、人がもたもたやってるのを見ると、どうにもいらいらして、口を挟んじまうんです。手代や小僧は、どうにものんびりしているもんですから、もう……」

まくしたてるおふくに、涼安は苦笑を抑えきれなくなった。

「いや、陽の気が強いお人は仕事が早いし、いいところもたくさんあるんです。しかし、肌が乾きやすいという面も見られるのです。肌が乾きやすいと、どうしても皺ができやすくなりますし、荒れやすくもなる。おふくさんは、それだと思います」

「あらまあ」おふくは手で顔をさする。

「そういうものなんですか。それじゃ、薬膳とかいうもので、よくなるんですか」

「舌を出してみてください」

涼安の言葉に、

「舌?　こうですか」

おふくは口を開けて舌を出す。

涼安は首を伸ばしてそれを見た。やはり赤味が強いな……。

「おふくさんは手足がほてったりしませんか」

「ええ、ええ、そうなんです。冬でも足がほてったりして、布団から出すこともあるんですよ。それはうちの旦那《だんな》も同じで。あらやだ、そんなことまでわかっちまうんですか」

涼安は小さく頷いた。ご亭主も同じ質と見える……。

「一日二日で変わるものではありませんが、続ければ効き目が現れます。こちらに通って薬膳を作ることになりますが、やってみますか」

「ええ」おふくが身を乗り出す。

「ぜひぜひ。この顔が若くきれいになるんなら、お願いします」

う、と涼安は口を噤《つぐ》んだ。若くきれいに、とは、また大きな望みを……。胸中で思いつつ、いや、と苦笑した。大きな望みを抱くのも、陽の質ゆえだ……。

「お望みどおりとはいかないでしょうが、始めてみましょう。台所をお借りすることになりますが、明日からでいかがですか」

「はい」おふくは手を組む。

「それでお頼みします」

上目になるおふくに、涼安はゆっくりと頷いた。

二

翌日。

宝来屋の台所に涼安は立った。

奉公人らしい女が、胸を張る。

「朝餉《あさげ》のあと、ちゃんと片付けておきましたからね。どうぞお使いくださいな」

流し台も大きく、横には広い台もある。物は棚に移したらしく、よけいな物は置かれていない。が、魚介や青物、豆や乾物などは豊富に並べられていた。

「いろいろと買い揃《そろ》えておいたんですよ。よくわからないけど、内儀がたくさん買っておけっていうもんで」

「そうでしたか」涼安は下げていた籠《かご》を台に置いた。

「いろいろと買い求めてきたのですが、これならば必要なかった」

目を細める涼安に、女が頷く。

「ご要《い》りような物がありましたら、紙に書いて置いていってくださいな。朝、買っておきますから」

「それは助かります。なれば、明日からは早く来ます」

涼安は笑顔を向けて、持参した薬箱も台に置いた。

さて、と引き出しを開けると、包みを取り出して、白い粒をざらざらと椀《わん》に移した。

「そりゃ、なんです」

女が覗《のぞ》き込んだ。物怖《ものお》じもせずに、くるくると眼《まなこ》を動かす。

「はと麦です。肌をきれいにするんですよ」涼安は女に向いた。

「そうだ、手伝ってもらってもいいですか。名はなんというのですか」

「あたしはまつです。ここで飯《めし》炊き女を始めてもう十数年になります。亭主が病で逝《い》っちまったもんで、子を養うために奉公してるんですよ」

ふくよかな胸を張ると、大きな手でぽんと打った。

「おまつさんですか。頼もしいおっかさまだ。では、この台所のことはなんでもわかりますね」

「おう」男のように鼻をふくらませた。

「なんでも聞いておくんなさいな。手伝えることがあるなら、なんでもしますから」

涼安は笑顔になって、はと麦を入れた椀を差し出した。

「では、これに水を入れてください。浸して戻すので」

「あいな」

おまつは椀を受け取って、水瓶《みずがめ》へと向かう。

涼安は並んだ食材を眺めて、さて、と腕を組んだ。

考えながら、大根を手に取る。すでに泥は洗い落とされていた。

「大根、どうするんです」

覗き込んだおまつに、涼安は大根を渡した。

「千切りにしてください」

「はいよ」

おまつは包丁を手に、台に向かう。

涼安は並んで鰹節《かつおぶし》を削り始めた。

しばらくすると、廊下から足音が駆け込んで来た。

「おまつさん」小僧が入って来て、板間から声をかける。

「お使いに行けって言われたんだ。浜町《はまちょう》の相模屋《さがみや》って知ってるかい」

「知ってるさ」

おまつが寄って行って説明する。

「わかったかい」

「うん」

「よし、それじゃ行っておいで。あ、末吉《すえきち》、巾着は持ったかい」

声を底くして顔を寄せると、末吉も目顔でそっと応えた。

「うん、番頭さんからもらった」

「そうか、なら、赤鬼が出たらそれを投げて、すぐに逃げるんだよ」

「うん、わかってる」

小僧は頷いて戻って行った。

涼安は手を止めていた。

「おまつさん」と寄って行く。

「今、赤鬼と聞こえたのですが、それはなんなんです。先日、こちらの佐吉さんが赤鬼に襲われているところに出くわしたんですが」

「あらまあ」おまつが目を丸くする。

「佐吉つぁんが襲われたってのは聞いてたけど、そうでしたか、先生が退治してくださったんですか」

「いや、退治というほどのことではなく……佐吉さんが巾着を渡して、わたしにはおかまいなく、と言ったんです。なので、なにかわけがあるのかと気になっていたのです。あの鬼は何者なのですか」

ううん、とおまつは首をかしげる。

「何者かってのはわかんないんですよ。けど、赤鬼が襲うのは宝来屋のもんだけで、だもんで、旦那様はやっかみに違いないと言ってるんです」

「やっかみですか」

「ええ、うちは小間物問屋のなかでも老舗《しにせ》だし、大奥にもお出入りを許されてるしで、だからほら、こぉんな大店になったんですよ。それを、商売敵《がたき》が妬《ねた》んでるんだって……」

「ふうむ、商売敵のどこかが赤鬼を寄越していると……」

「そう、嫌がらせだって。だから大した騒ぎにゃならず、巾着を渡せば逃げられるんです。ま、入ったばかりの手代が知らずに刃向かったせいで、顔を切られたこともありましたけどね」

「へえ、しかし、物騒ですね。町方には届けたんですか」

「そりゃ、もちろん。けど、命に関わるような刃傷沙汰《にんじょうざた》になってるわけじゃなし、巾着にもそれほど入れてるわけじゃないんで、旦那様はそれほど強くは訴えなかったんです。だからでしょう、お役人はさほど真剣に取り合っちゃくれなかったそうですよ。そもそも襲われるのはうちだけだし」

ふうん、と涼安は口を曲げた。

「ずっと続いてるのですか」

ううん、とおまつは首をひねった。

「始まったのは、確か五年ほど前からだったと……近頃、襲ってくるのが増えた気もしますけどね」

おまつは肩をすくめると、顔をしかめた。

「先生、ついでにと言っちゃなんですけど、赤鬼も退治してくださいな。手代や小僧がまた襲われるんじゃないかと、あたしゃ気が気じゃないんです。先生、強いんでしょ。佐吉つぁんから、先生がえいやっと刀を振るったって聞きましたよ」

おまつが手刀《てがたな》を振る。

涼安は苦笑した。

「まあ、武士なので剣は……」

剣は自信がある、と胸を張りたい気持ちは抑えた。

「お頼みしますよ」おまつは両手を合わせた。

「そしたら、みんな、安心して外に出られるってもんです。あたしもここで心配しないですみますから」

「はあ、なれば」

涼安は思わず頷いていた。

「ああ、よかった」

おまつは笑顔になると、台の前へと戻って行く。

涼安も手にしたままの鰹節を握り直し、削り器へと戻った。

昼の膳を持って、涼安は座敷へと行った。

「薬膳です」

そう言って、おふくの前に置く。

「あら」まじまじと覗き込む。

「いつもの御膳とあんまり変わらないですね」

「ええ」涼安は頷いた。

「使っている具材が違うだけで、見た目は普通の御膳です。ですが、おふくさんの肌をきれいにするように、工夫してあります。おふくさんはよけいな熱がたまりやすい質なので、身体を冷やすように作ってあります」

「へえ、それなら早速」

おふくは箸《はし》を取る。

汁物や菜を順に食べつつ、面持ちが弛《ゆる》んでいく。

「あら、よいお味だこと」

「それはよかった。いやいや食べると、効き目も薄くなりますから」

涼安は笑顔になった。

その後ろからおまつが膳を持って入って来る。

正面に膳を置くと、小僧が続いて、おふくの向かいにも膳を置いた。

おまつが小僧に向く。

「旦那様と若旦那をお呼びしておいで」

はあい、と小僧は走って行った。

や、と涼安は眉を歪《ゆが》めた。主よりも先に膳を出したのはまずかったか……。

おふくを窺《うかが》うが、気にするようすもなく箸を動かしている。

やがて大きな足音がやって来た。

恰幅《かっぷく》のよい、いかにも主然とした男が入って来る。と、涼安に気づき、目鼻立ちの整った顔で小さく会釈《えしゃく》をした。

「ああ、薬膳というものを作ってくださっている先生ですね。あたしはここの主で宝来屋庄右衛門《しょうえもん》です」

「清河涼安です」

見上げて同じく会釈を返す。

庄右衛門は廊下に立ったまま、おふくに言った。

「今日はこれから深川《ふかがわ》で問屋の集まりがあるから、中食《ちゅうじき》はいらん。それと、泊まりになる」

おふくはちらりと目を向けて頷いた。

「そうですか。行ってらっしゃいまし」

うん、と主は背を向けて廊下を去って行く。

それを見送って、おまつは肩をすくめてつぶやいた。

「またかね。早く言ってくだされれば、お膳をこしらえなかったのに」

おふくは目だけを動かす。

「庄吉に食べさせればいい」

そこにまた足音がやって来た。

「なに、呼んだかい、おっかさん」

いかにも若旦那然とした男が入って来た。二十歳《はたち》過ぎくらいだろう。

ああ、おふくは目で膳を指した。

「旦那様がいらないって言うから、おまえがお食べ」

ええ、と庄吉は顔をしかめる。

「あたしはいつもの握り飯でいいのに」

おふくの向かいの膳を指で差す。そこに載っているのは、握り飯と汁椀だけだ。

「いいから」母が息子を見上げる。

「たまにはゆっくりとお食べ」

はい、と膳に着く息子から、おふくは顔をおまつへと向けた。

「握り飯はおまつが持ってお帰り。子らに食べさせるがいい」

「はい、そいじゃ、遠慮なく」

おまつはほくほくして膳を下げて行った。

涼安は庄吉をそっと見た。

食べ方が早い。そうか、せっかちな質ゆえ、普段は握り飯なのだな……。

庄吉もちらりと涼安を見て、母に顔を向けた。

「薬膳とかいうのを作ってくださる先生ですか」

「そうさ」おふくは頷く。

「あたしは陽の気が強いんだってさ。旦那様もきっとそうだよ、暑がりだからね」

「へえ」庄吉は涼安に向かって目顔で礼をする。

「おっかさんをよろしくお願いします」

涼安もそれに返す。

「庄吉さんも暑がりですか」

「いやぁ、あたしはそれほどでも」

にこりと笑う。

涼安はおふくに顔を向けた。

「夜ははと麦粥《がゆ》を作ってありますから、おまつさんに温めてもらってください。それと、明日からは朝から来ます」

「はい、お頼みしますよ」おふくが笑顔になる。

「楽しみだねえ」

そう言って、頬を撫《な》でる。

涼安は、上手《うま》く効けばいいが、とそっと拳《こぶし》を握った。

三

次の日。

朝餉と昼餉を出し終えて、涼安は宝来屋を出た。

日本橋を抜けて、神田《かんだ》に入ると、そうだ、と足の向きを変えた。

松田町《まつだちょう》に入って、一軒の家の前に立つ。医者、柴垣青山《しばがきせいざん》と書かれた札が掲げられている。

「ごめんくだされ」

声をかけつつ戸を開けた。

土間には多くの草履《ぞうり》や下駄が並んでいる。

はい、と出て来た男は、「あっ」と声を上げた。

「先生」と振り向いて大声を放つ。

「涼安さんですよ」

「なに」

脇の部屋から、人がぞろぞろと出て来る。

廊下の奥からは、細い姿が現れた。青山だ。

「おう、涼安、よいところに」廊下を歩きながら、手で涼安を招く。

「さ、上がれ」

はあ、と涼安は草履を脱ぐ。

向かい合った青山は、皺を動かしながら頷く。

「そなたの腕を貸してほしいんじゃ」

「腕……」

涼安は眉を寄せた。

医術の師である青山から、ひととおりのことは教わっていた。しかし、鍼灸《しんきゅう》の腕はまだ半人前だ。薬膳は、青山から直々《じきじき》にそれを継いだことで、弟子の中では一番となっている。ためにもっぱら薬膳の仕事が増えていた。

「ええ、と……わたしで役に立つのでしょうか」

その目で周りを囲む弟子らを見る。兄弟子もおり、一人前の医者として仕事をしている者も少なくない。

「立つ」

青山は頷いて、涼安の腰を目で示した。大小の刀が差してある。

こっちか……。涼安は己《おのれ》の腰に目を向けた。

涼安の父は公儀の役人だった。将軍の警護を担う御徒組《おかちぐみ》の徒士《かち》を代々務めた家だった。しかし、上役の不正に巻き込まれ、役を辞したのである。徒士を継ぐはずだった涼安は、涼介《りょうすけ》という名で、幼い頃から剣術に励んでいた。警護に就《つ》く番方《ばんかた》として、剣術は必須の修行だ。涼介は師範から褒《ほ》められるほどの腕前だった。が、父の失職で、涼介は職を探すことになった。そこで、医者を目指し、青山に弟子入りをしたのだった。医術を身につけ、青山からもらった名が涼安だった。

「こちらへ」

青山が涼安の袖《そで》を引っ張って、入り口脇の部屋へと入る。弟子らもぞろぞろとついて来た。

「実はな」青山は奥のほうを目で示した。

「七日ほど前に、ごろつきが運び込まれたんじゃ」

「そうそう」弟子が口を開いた。

「喧嘩《けんか》したらしく傷だらけだったもんで、とりあえず、手当てをしたんです。けど、仲間は姿をくらまして……」

「うむ」青山が顔を歪める。

「しかたなく、置いていたんじゃや。したら、昨日、仲間がやって来て、明日迎えに来る、と言いおった。ようするに、これからやって来るというわけじゃ」

「えっ」

涼安が皆を見渡すと、弟子らがいっせいに頷いた。

「いや、よかった」

弟子が口を開く。

「涼安さんがいてくれれば鬼に金棒だ」

「うむ、我らはおつむはよいが、腕はいま一つゆえ」

うんうん、と頷き合う。

「そういうわけじゃ」青山が涼安を見据えた。

「ごろつきどもはなにをするかわからん。薬礼《やくれい》を踏み倒そうとするやもしれん。そのときには、涼安、そなたの出番じゃ」

はあっ、と涼安は天井を仰いだ。

「そういうことでしたか」

その肩を青山がつかむ。

と、弟子が腰を浮かせた。

「誰か来ました」

「ごめんよ」

戸が勢いよく開く音が鳴った。

「来た」

弟子らが身を寄せ合う。

青山は目で涼安を促す。同時に、弟子にも目を向けた。

「奥から怪我のごろつきを連れて参れ」

はい、と襖《ふすま》を開けると、弟子らは我先にと奥へ行った。

ふうっと息を吐くと、涼安は立ち上がった。

戸口から男達の声が響く。

「おい、いねえのか」

「出て来いっ」

「熊吉《くまきち》っ、けえるぞ」

重なって響く声に、涼安は部屋から出た。その後ろに、青山も続く。

土間にはすでに五人のごろつきが入り込んでいた。

「迎えに来たか」青山が涼安に並んで、胸を張った。

「今、連れて来るから待っておれ。して……」

懐に手を入れると、一枚の紙を取り出した。

「その前に薬礼じゃ」

差し出した紙を、ごろつきらが覗き込む。

「ああ、なんだって」

「一分《いちぶ》（一両の四分の一）と八朱《はっしゅ》だと。どうしやす、お頭《かしら》」

「たっけえな」

頭は肩を揺らしながら、青山を睨《にら》みつける。青山はくいと顎を上げた。

「これでも安くしてあるわ。傷だらけで、骨までひびが入ってたから熱が出てつきっきりの手当てじゃった。薬もたくさん用いたゆえ、高くはないわ」

ふん、と頭が顎を上げた。

「あいにく持ち合わせがなくてな」

肩を下げて、身体を揺らす。

一人は片肌を脱いで、隙間なく入れた墨《すみ》を見せつけた。

「ここは貧乏人からは銭をとらねえって聞いたがな」

ふん、と青山も鼻を鳴らす。

「金のない者からはとらん。じゃが、力尽くで踏み倒そうとする者は許さん」

青山は廊下を振り向いた。

怪我を負ったごろつきが、弟子に抱えられて出て来ていた。

頭が上がり框《がまち》に片足を乗せた。

「ごたくをぬかすんじゃねえ。さっさとやつを渡しな」

青山が紙を突き出す。

「薬礼と引き換えじゃ」

「うるせえっ」

頭が懐に手を入れた。抜き出したのは匕首だ。

鞘《さや》を抜くと、光る刃が現れた。

周りの男達も、いっせいに匕首を抜く。

涼安は腕を伸ばして、青山の前に進み出る。

「おう」

「それを納めろ。そなたらに理はないぞ」

刀の柄《つか》に手をかけた。

「しゃらくせえっ」

頭は仲間を振り返る。

「熊吉を取り戻せ」

「おうっ」

男達が土間を蹴って廊下に上がって来る。

涼安はすでに刀を抜いていた。

振りかざされた匕首を、涼安は刃で弾き飛ばす。

くそっ、と突っ込んで来る別の男に、涼安は峰を打ち込んだ。

あばらが音を立てて、男は身を捩《よじ》る。

涼安はその峰を、脇の男の肩へと落とした。呻《うめ》き声とともに、手から匕首が落ちる。

「野郎っ」頭が、匕首を両手で構える。

突いてこようとするその手首を、涼安は峰で叩いた。

骨に当たる音が響いた。

「うわあっ」

廊下から声が上がった。

熊吉が足を引きずりながら、やって来る。

「すんません」

熊吉は廊下に膝をつく。

青山と涼安に頭を下げ、それを上げた。二十歳そこそこだろう、頼りない眼差《まなざ》しだ。

「勘弁してくだせえ。薬礼はあっしが払いますんで」

ごろつきらはしんとして、熊吉を見た。

熊吉は膝で進むと、ごろつきらを見上げた。

「兄《あに》ぃ、収めておくんなさい。おれぁ、ここで親切にしてもらったんだ。恩を仇《あだ》で返すわけにゃいかねえ」

ごろつきらは、黙って顔を見交わす。

「お頭」熊吉が睨みをきかせている男を見上げる。

「頼んます、あっしがしのぎで払いますんで」

「けっ」頭は、唾《つば》を吐いた。

「てめえの口からそんな言葉を聞くとはな」

頭はくるりと背を向けた。

男らも土間に下りた。

「けえるぞ」

そう言って出て行く頭に、皆もぞろぞろとついて行く。が、振り向く男もいた。

「ちっ」

と、舌を打つ。

熊吉はそれを遮《さえぎ》るように立ち上がり、頭を下げる。

「すんませんでした」手を合わせて顔を上げる。

「必ず払いますんで」

青山が頷く。

「ああ、待っておるわ」

熊吉はさらに頭を下げながら、出て行った。

遠ざかって行く足音に、ふう、と青山は息を吐いた。

「来た者らに、怪我を負わしてしまったな」

いや、と弟子らが集まって来る。

「涼安さんは、応戦したまでのこと」

「そうです、悪いのはやつらです」

言いながら、そっと涼安を見る。

刀を納めながら、涼安は苦笑した。

「詮方《せんかた》なし、というところでしょう」

ふむ、と青山は涼安を見上げた。

「ともかく助かったわい」ぽんぽんと腕を叩く。

「茶でも飲むとしよう」

廊下を歩き出しながら、青山は振り向いた。

「して、なにか用があったのか」

「はあ、それはまたいずれ」

涼安は肩の力を抜くと、力を込めていた手を開いた。

四

昼の膳に向かっていたおふくが、ふと箸を止めた。

「この大根なますは甘くてよいお味ですねえ」

ええ、と涼安は頷く。

「柿を刻んで入れてあります。柿は身体を冷やすんですよ」

「あら、それじゃもっと食べなけりゃ。今が旬《しゅん》ですものね」

「あぁっと、一日一つか二つにしてください。食べ過ぎはよくないので」

「そうなんですか、いい物ならいっぱい食べてもよさそうですけど」

「いえ、ほどほどに。陽の気が強い人は、なんでもやり過ぎてしまうことが多いので、そこはお気をつけください」

涼安の言葉に、まっ、とおふくは肩をすくめた。

「そう言われてみれば、そうかも……これだ、と思うと、なんでも力が入っちゃうんですよ」

「はい、そういう質なのです」

苦笑する涼安に、おふくは首を縮めた。

「あらまあ、じゃ、前にらっきょうが気に入って、毎日、らっきょうばかり食べてたのもよくなかったんですかねえ。倅《せがれ》に口が臭いって言われてやめたんですけど」

「らっきょう……それはいけません。らっきょうは身体を温めるんです。おふくさんのような質の人は、少しにしておかないと。冷えやすい人にはいいのですが」

「あらやだ、そうだったのかい」

おふくは額をぴしゃりと叩く。

涼安は笑いながら、頷いた。

「身体に合わない物なのに好きで食べてしまう、という人は多いんですよ。暑がりの人が辛《から》い物を好むというのもよくあることで、それでますます質が偏《かたよ》ってしまうんです。冷えやすい人が冷たい物を好む、というのも珍しくなく、それでますます冷えやすくなる、と」

へぇ、とおふくは目をくるくると動かす。

膳の器はいつの間にか、空になっていた。

「ごちそうさまでした」

おふくは頭を下げた。

「お粗末さまでした」

会釈を返して顔を上げると、おふくは「そうだ」と手を打った。

身体をひねると、後ろの箱を引き寄せて、手を入れた。

「これ」

掌《てのひら》に載せたのは蛤《はまぐり》だ。合わさった貝をおふくは開く。と、中から鮮やかな紅が現れた。

「先生、お内儀《ないぎ》がおありでしょう」

「や」と涼安は手を上げる。

「わたしは独り身です」

「あら、そうなんですか。身ぎれいにしてらっしゃるから、てっきり……」

「ああ、これは」涼安は自らの着物を見る。

「弟の嫁がなにかと世話をしてくれているのです」

義妹のお信《のぶ》の顔が浮かぶ。母も姉も他界し、家にいる女人《にょにん》はお信だけだ。

「そうでしたか」おふくは蛤を閉じて差し出す。

「なら、そのお嫁さんに差し上げてくださいな」

いや、と涼安は上げた手を振った。

「そのような、売り物をいただくわけにはいきません」

ああ、とおふくは肩を小さく上げる。

「失礼とは思いますけど、これは売り物にならないんです。そら、ここ……」

貝の蓋《ふた》を指さす。

「割れちまったのを、糊《のり》でくっつけたんですよ」

え、と覗き込むと、確かに大きなひび割れがあった。

「小間物は上方《かみがた》や、遠く長崎から来る物もありますんでね、途中で壊れたりすることもあって……それに、うちの粗忽者《そこつもの》らが、うっかり壊しちまうこともあるものですから」

苦笑しつつ、その手を差し出した。

「なので、売り物にできなくなった物でまだ使えるのは、近しい人におわけするんです。さ、ご遠慮なく」

「そうですか、なれば」

涼安は蛤を受け取り、懐にしまった。

蛤を懐に、涼安は台所へと戻った。

薬箱を手に、土間へと下りる。

宝来屋の出入りは勝手口を使っている。内儀は表から、と言ったが薬箱を持った者が出入りをしては、人の噂《うわさ》になりやすい。ために、涼安自ら、勝手口の出入りを決めたのだ。

「では、おまつさん、また明日」

そう言って涼安は戸口に向かった。向かいつつ、おや、と明るい外を見た。

小僧の末吉が立っている。上を向いて頷いているのが見える。

近づくと、向かい合う相手は主だった。主の手から、銅銭がいくつか渡されている。

涼安が戸口に近づくと、主はくるりと背を向けて、裏道を去って行った。

手を握った末吉が、涼安を見上げて頭を下げた。

「お帰りですか」

「うむ、使いか?」

はい、と歩き出す末吉に、涼安は並んだ。

店の裏から表へと、路地を通って出る。

「赤鬼用の巾着は持ったのか」

涼安の問いに、末吉は「ううん」と首を振る。

「近くだし、このお使いは内緒なんです」

「内緒？」

涼安が小さく吹き出す。

「あ、内緒は言っちゃいけないんだ」

口を押さえる末吉に、涼安は笑って頷いた。

「心配はいらぬ、わたしは口が堅いゆえ」

そっか、と末吉は面持ちを弛めると、肩をすくめた。

「それに、おいらみたいな小僧は、赤鬼もそうそう相手にしません」

「そうなのか。しかしおまつさんは気をつけるように言っていたではないか」

「ああ、あれは」末吉は涼安を見上げて、ぺろりと舌を出した。

「確かに盗《と》られた小僧もいたんですけど、なかには盗られたと嘘をついて自分の小遣《こづか》いにした者もいたんです」

「なんと」

驚く涼安に、末吉は口に指を立てた。

「これも内緒ですよ。手代の兄さんに教わったみたいです。兄さん方も、何度かそうやったみたいで」

うむ、と涼安は目をしばたたかせた。

「抜け目がないな」

えへっ、と末吉は首をすくめる。

「普段は小遣いなんてもらえないから、そんなときくらいしかお饅頭《まんじゅう》は買えないし……あ、けど、おいらはまだやってないんですよ。嘘が下手《へた》だから、もうちょっと上達したら、やろうと思ってて……」

屈託《くったく》のない笑顔に、涼安もつられた。が、それをすぐ真顔に戻す。

「嘘はどうかと思うが……では、赤鬼はそれほど怖《おそ》れられていないということか」

「いいえ」小さな頭をまた振る。

「怖いですよ……兄さん方も怖がってるし。あぁ、けど、怖いっていうより、気味が悪いって言ってます。何年も、出続けてて得体が知れないから」

ふうむ、と涼安は佐吉を襲った赤鬼を思い出していた。ごろつきのような粗暴さはなく、入れ墨もなかった。得体が知れない、と言えば確かに……。

考えを巡らせていた涼安は、ふと、それを止めた。

背中に、なにやら気配を感じたためだ。

小さく振り向く。

と、後ろの男と目が合った。手拭《てぬぐ》いで頬被《ほおかぶ》りをした男は、すぐに顔を伏せた。背には風呂敷包みを背負っている。

涼安の目は男の月代《さかやき》に留まった。額の上方に赤い痣《あざ》が丸く見える。

男は足取りを緩《ゆる》めずに、進んで来る。そのまま、横を通り過ぎて行った。

背中の荷物には、紙で作った大きな筆が下がって揺れている。

ふむ、と涼安はその後ろ姿を見つめた。筆墨《ひっぼく》売りか……。

男は次の小さな辻で曲がって行った。

道は日本橋を出て、神田に入っていた。

隣の末吉の足が止まった。

ん、と涼安が覗き込むと、末吉が見上げた。

「ここでお別れです。こっから先は、ほんとのほんとに内緒なんです」

ふむ、と涼安も止まって頷いた。

「そうか、では、行くがよい」

はい、と末吉はくるりと身を回した。

神田の道を駆け出して行く。と、すぐに右の小道へと入って行った。

涼安はそれを見送って歩き出した。しっかりしているんだかしていないんだか……。

やりとりを思い起こすと、笑みが浮かんだ。

五

翌日。

宝来屋から戻ると、家の中からにぎやかな声が聞こえてきた。

これは……。台所へ行くと、お信と母のおうめが並んでいた。

「あ、兄様《あにさま》、おかえりなさいませ」

お信が頭を下げると、おうめもそれに続いた。

「お邪魔しております」

「いえ、お越しくださってありがたいことです」

涼安が寄って行くと、おうめは娘を手で示した。

「いえね、今朝、お信がうちに来て、兄様から紅をいただいたとうれしそうに見せてくれて……ありがとうございました」

いた。

「あれは今、通っている先からもらったものなので、礼には及びません」

その背後から、「いやぁ」と声が上がった。いつのまにか、弟の栄介が立っていた。

「わたしはお信に紅なんぞあげたことがなかったので、大層喜んで……」

栄介は兄に頭を下げる。

「かたじけないことでした」

「いや、だから礼は無用」

涼安は皆に、苦笑を向ける。

「いいえ」おうめは微笑む。

「こういうのは、うれしいものなんですよ。なので……」

おうめは襷《たすき》を回して、袖を括《くく》った。

「今日はお礼に、牡蠣《かき》鍋《なべ》を作りに来たんです」

おうめが台に手を伸ばす。そこには大根や葱《ねぎ》、三つ葉や韮《にら》が置かれ、ざるには牡蠣が入っていた。

「家に行ったら、いい牡蠣が入ったっておっとさんが見せてくれたので、分けてもらったんです」

おうめの実家は料理茶屋を営んでいる。

ためにおうめは料理が上手《じょうず》で、涼安はこれまでにいろいろと教えてもらっていた。

「ほう」と涼安は覗き込んだ。

「大きなよい牡蠣ですね」

「ええ、夕餉をお楽しみに。さっ、お信、作るわよ」

腕まくりをする母に、お信も襷を回して並んだ。

涼安と栄介は笑みを交わしながら、台所を出た。


夕刻。

座敷で待っていると、父の伊右衛門《いえもん》が戻って来た。鼻を動かして、

「おう、うまそうなよい匂いだ」

と、目を細める。

ええ、と涼安はいきさつを話す。

「父上はまた染井《そめい》に行かれていたのですか」

役人を辞したあと、植木の栽培を生業《なりわい》にしている父は、植木屋の集まる染井村

によく出かけていた。

「うむ、正月に向けて、南天《なんてん》を仕入れようと思ってな。難を転じるという縁起物だから、売れるであろう」

「それはいいですね」栄介もやって来た。

「南天の実は咳止《せきど》めになるんですよね」

栄介は庭でさまざまな薬草を育てている。

「うむ」涼安は頷いた。

「南天実《なんてんじつ》という生薬になっている。咳を鎮《しず》め、熱も下げるという薬草だ。が、薬になるということは、毒にもなるということだから、匙《さじ》加減が難しい。葉も南天《なんてん》葉《よう》と言われる生薬で、蜂《はち》に刺されたときには葉を揉《も》んで汁を塗るとよいのだ」

「ほう」父が目を丸くする。

「さすが本草学《ほんぞうがく》を学んだ医者だ」

「いや」涼安は苦笑した。

「まだ、一人前の医者と胸を張るほどではありません。薬膳は身につきましたけど」

親子で言葉を交わしていると、台所から足音が近づいて来た。

「さあ、できましたよ」

おうめとお信が膳を持ってやって来る。

「お鍋はお椀によそっておきましたから、おかわりしてくださいね」

それぞれの膳が置かれ、湯気が立ち上る。

おや、と涼安は膳を覗き込んだ。

牡蠣鍋の椀の横に、白い大根おろしが盛られた碗《わん》が置かれている。

「ああ、それはお好みで入れてください」おうめが指で差す。

「うちではおっとさんが大根おろしをお鍋に入れるんです。みぞれ鍋って言ってね。けど、お信は大根おろしがあまり好きじゃないんで、別に盛りました」

ほう、と涼安はお信の膳を見た。大根おろしの碗はない。

「なるほど、お信ちゃんは冷えやすいから、身体が正直に応えているのだな」

涼安の言葉に、おうめが首をひねった。

「身体が、ですか」

「ええ、大根は身体を冷やすのです。だから、お信ちゃんはほかの人のように、旨《うま》いと思わないのでしょう」

「はい」お信が肩をすくめた。

「子供の頃から、好きじゃありませんでした。辛いし、冷たいし……」

うむ、と涼安は頷く。

「暑がりの人は、逆にその味を旨いと感じるのだ。しかし、この鍋には韮も葱も生姜《しょうが》もたくさん入っているから、大根おろしを入れても冷えることはないでしょう。おうめさんの工夫ですね」

あら、とおうめが微笑む。

「兄様から葱や生姜が身体を温めると聞いてから、よく使うようにしてるんです。これでよかったんですね」

「ええ、牡蠣も身体を冷やすので、生姜を入れるとちょうどよくなるのです」

「まああ」と、父は声を上げた。

「ともかく、いただこうじゃないか、冷めてしまうぞ」

言いながら、すでに箸をつけていた。

涼安は大根おろしを牡蠣の椀に入れ、口に運んだ。

「ほう、これは旨い」目を細めて顔を上げた。

「大根おろしは身体によいのです。大根どきの医者いらず、という言葉があるほどですから。みぞれ鍋はよい考えです」

「そうなんですか、うちのおっとさんは大根おろしは毒を消す、なんて言ってましたけど」

「ええ、それも言われてます。身体にたまった毒を外に出す、と言われているのです。なので、風邪を引きにくくなったり精がついたりと、医者にかからないですむようになる、と言われているのです」

涼安はお信を見た。

「肌もきれいになると言われているぞ」

「あら」とお信は顔に手を当てた。

「それじゃ食べてみようかしら」

ほほほ、とおうめが笑って立ち上がった。

「そうなさい。今、持って来てあげるわ」

いそいそと台所に行く。

涼安は箸を動かしながら、そうだ、と独りごちた。内儀さんにも出してみよう……。

「うむ、これはうまい」

父の声に栄介も頷く。

「おかわりしましょう」

はいはい、とお信が立ち上がる。

「わたしも頼む」

涼安も空になった椀を差し出した。

大根おろしを入れたみぞれ汁を、おふくは飲み干した。

「ああ、おいしかった」

笑顔で椀を置く。

「それはなによりです。大根おろしはお腹の調子も整えてくれるので、すっきりとするはずです」

「あら、そりゃうれしいこと」

おふくは腹に手を当てて回す。

向かいの庄吉の膳は、すでに空いている。慌ただしく入って来ると握り飯を平らげ、すぐに出て行った。

そこに、主の庄右衛門がやって来た。

「やれやれ、話の長い客だった」

そう言いながら膳に着いて箸を取る。

口を動かしながら、おふくをちらりと見て、その目を控えているおまつに向けた。

「今日はまた集まりがあるから、晩飯はいらん。泊まりになりそうだから、朝も用意しなくていいぞ」

「はい、わかりました」

おまつが頷く。

おふくは横目を向けると、「そうですか」と小さく返した。

庄右衛門はそそくさと食べ終わると、座敷を出て行った。

「おまつ」とおふくが顔を上げる。

「お煎餅《せんべい》を持ってきておくれ。全部だよ」

あ、と涼安は顔を向けた。しょっぱい物を食べ過ぎるとむくむ、と言いかけて、その言葉を呑《の》み込んだ。

おふくの口が尖《とが》っていたからだ。

出て行ったおまつはすぐに蓋付きの器を持って戻って来た。

「はい、内儀さん、今、お茶もお持ちしますからね」

ああ、と蓋を取って、おふくは煎餅をつかむ。
バリバリと音を立てて、煎餅は次々に消えて行った。
涼安は苦笑を呑み込んだ。ああして、不機嫌を嚙《か》み砕いているのだな……。
その音を聞きながら座敷を出て、涼安は台所へと戻った。
薬箱の引き出しを開けながら、ふむ、と独りごちる。はと麦を買いに行かねば
……。宝来屋を出て、涼安は日本橋へと向かった。

行きつけの薬種問屋に行くと、馴染《なじ》みの手代が出て来た。

この問屋は師の青山からの口利きで、出入りができるようになった店だ。

「薏苡仁《よくいにん》ですね、少々お待ちを」

はと麦は生薬としては薏苡仁と呼ばれている。

箱を持って来た手代がにこやかに言う。

「肌荒れの相談ですか」

「うむ、やはり女人にとっては悩みとなるらしい」

「ええ、うちにお見えになるお医者様からもよく聞きますよ、先日も……」

世間話になっていく。

ひとしきり話し込んで、涼安は店を出た。

日本橋の町から、神田の町へと進んで行く。

歩みつつ、おや、と涼安は先に目を留めた。見覚えのある姿は宝来屋の主、庄右衛門に間違いない。

ほう、と思わずその背中を見つめた。一人、軽やかな足取りで、道を進んでいる。

小僧もつけずに……そうか、集まりがあると言っていたな……。

昼のやりとりを思い出しながら、涼安は後ろを歩き続けた。

と、庄右衛門は道を曲がった。

おや、と涼安はその小さな辻を見る。先日、小僧の末吉が入って行った細道だ。

ほんとのほんとに内緒、と言った末吉の声を思い出す。

内緒、という言葉を口中でつぶやきながら、涼安はむずむずとする気持ちを抑えられなかった。どこへ行くのだろう……。思わず足を踏み出していた。

庄右衛門の曲がった道を曲がる。神田の皆川町《みながわちょう》に入っていた。

道の先に、庄右衛門の姿が見えた。

しばらく行くと、庄右衛門は一軒家の前に立った。小さな戸の前で声をかけているようすが窺える。

涼安が近づくと同時に戸が開き、庄右衛門は中へと入って行った。

戸の前に寄って、涼安は家を見回した。

ここで集まりがあるということか……。

道に面した窓が少し開いている。と、そこから人の声が漏れてきた。

「末坊から言づてを聞いたから、下り酒を用意しておいたんですよ」

女の声だ。涼安はえっ、と耳を澄ませた。

「もう、こんなに間を置いちゃいやですよ。忘れちまったんじゃないかと、心配になるじゃありませんか」

甘い絡みつくような声音《こわね》だ。

「すまんな、近頃は女房がすぐに機嫌を悪くするもんでな、出て来るのも嘘を考えて難儀するんだ」

「まあ、いっそのこと打ち明けたらどうなんです。世間では、妾《めかけ》を囲うことなんざ珍しくないし、堂々と通う旦那様も多いって聞きますよ」

「いやぁ」庄右衛門の声がくぐもる。

「婿《むこ》養子なんてのは、そんなわけにはいかないのさ。おふくのやつ、いまだに大福帳をめくって算盤《そろばん》を弾いてるしな」

「あらまあ、欲の太いお人だこと」

「まあ、あいつは子供の頃から算盤が上手かったそうだからな。けど、そのおかげでこっちは遊ばせてもらってるんだ。悪くはないってことさ」

「そっか、そう思えば、あたしにとっても福の神ってとこだわね」

女の笑い声に、庄右衛門の笑いも重なる。

涼安は、なんと、と唾を呑み込んだ。内緒とはこのことであったか……。

「そうら、お夕《ゆう》は笑ったほうがかわゆいぞ」庄右衛門が猫なで声になる。

「ほう、ますますほっぺが柔らかくなったなぁ、手に吸い付くようだ。あの女医者はまだ来ているのかい」

「ええ、そのおかげで調子がいいんですよ」

「ほう、養生膳《ようじょうぜん》ってぇのは、そんなに効くのかい」

「最近は薬膳って言うんですよ」

その言葉に、涼安はえっ、と息を呑んだ。思わず顔を窓に寄せる。

「ああ、薬膳か」庄右衛門の声だ。

「そういや、おふくもそれをやり始めたな」

「えっ」お夕の声が高くなる。

「そうなんですか、なんでまた。まさかあたしのことがばれたとか……」

「そらぁ、大丈夫だ。おふくは商売のことにはよく気が働くが、色のほうにはとんと疎《うと》いからな」

ふはは、と庄右衛門の笑いが起きる。

「けど……」お夕の声が揺れる。

「薬膳だなんて、まさか、うちの桂《かつら》先生じゃないでしょうね」

「ああ、違う違う。女《おなご》じゃあない、来ているのは若い男だ」

庄右衛門の鷹揚《おうよう》な声に、お夕の声が低くなった。

「そう、ならいいけど」

「ああ、それより……」

人の動く気配が伝わってきた。

涼安は窓から身を引くと、息を呑んだ。聞いた言葉がぐるぐると頭の中を回る。

「あ、ちょいとお待ちを」

中からお夕の声がして、動く気配が立った。それが窓に近づいて来るのを察して、涼安は横にずれる。

「寒くなってきたこと」

お夕の声とともに、窓がぴしゃりと閉められた。

涼安は息を潜めて、そっとその場を離れた。

第二章　女医者

一

朝の道を歩きながら、涼安は昨日、お夕の家で聞いた言葉を頭の中に巡らせていた。

薬膳《やくぜん》、女医者、桂先生……誰だろう、聞いたことがないが……。

その背中に、「先生」と声がかかった。

「おはようございます」

早足で追いかけてきたのは、手代の佐吉だった。

「ああ、佐吉さん」

涼安が笑顔を向けると、佐吉は横に並んだ。

「これからお店《たな》ですかい。毎日、おいでなすっているそうですね」

にこやかに言う佐吉に、涼安は頷《うなず》いた。

「ええ、佐吉さんも早いですね」

「あたしは近所のお稲荷《いなり》さんにお参りに行ってたんです。お店の繁盛《はんじょう》を祈って、毎朝行くのがあたしの役目なもんで」

「ほう、そうでしたか。しかし、久しぶりですね。あれから赤鬼は出ていませんか」

「ええ、出てません。って言っても、あたしは使いで品川宿《しながわしゅく》に行ってたんで」

「そうでしたか、どうりで姿が見えないと思ってました」

涼安の言葉に、佐吉はへへっと笑う。

「あたしは遠出するのが好きなもんで。ほっつき歩きの佐吉、なんて呼ばれてるくらいで。だもんで、先生の所へも使いに出されたんですよ、ま、本郷は遠出ってほどじゃありませんが」

「なるほど」涼安は顔を向ける。

「そういえば、わたしの家のことは、誰から聞いたのですか」

「内儀《おかみ》さんですよ。内儀さんはお医者の松庵《しょうあん》先生に相談したみたいですね、薬膳をやりたい、と言って」

「ほう、そうでしたか」

「ええ、けど、松庵先生は自分はできないから聞いてみる、と言って薬種問屋《やくしゅどんや》に尋《たず》ねて、そっから涼安先生を教えられたみたいです」

「なるほど」

涼安は頷く。わかりやすい話だ……。

目の先に宝来屋が見えてきた。

「おっと」

佐吉が辻《つじ》の手前で足を止めた。

その辻の横道から、庄右衛門が姿を現したためだ。

「旦那様《だんなさま》だ」

佐吉は涼安に横目を向けると、小さく肩をすくめた。

「ここで落ち合うとばつが悪いでしょうから、先を譲りましょう」

佐吉はゆっくりと足を踏み出す。止まっているのと変わらない遅い歩みだ。

えっ、と思いつつ、涼安もそれに合わせた。そそくさと店に向かう庄右衛門を見ながら、そうか、と腑《ふ》に落ちた。朝帰り、ということか……。

思いつつ、涼安はちらりと佐吉を見た。ということは、佐吉も妾宅《しょうたく》からの帰りだとわかっているのか……。

佐吉は小さく笑んで、主《あるじ》を見ている。

庄右衛門は、身をかがめるようにして、店へと入って行った。

さあて、と佐吉は歩みを元に戻す。

涼安もそれに続く。が。店の手前で、涼安は向きを変えた。

「わたしは勝手口へ回るので」

へ、佐吉は顔を向ける。

「先生は表からのほうが……」

「いや、よいのだ」

涼安はそう返して、脇の路地へと入った。


朝の膳を運ぶと、おふくはすでに座敷で待っていた。

おまつも膳を並べている。

息子の庄吉はやって来ると、そそくさと食べ出した。いつもと同じだ。

おふくも膳に箸《はし》をつける。大根の酢の物にぱりぱりと歯を立てる音が響いた。

そこに庄右衛門がやって来た。

自分の膳に着くと、すぐにおまつがお櫃《ひつ》を持って寄って行った。

「ああ、いや」庄右衛門が手を上げる。

「ご飯はいらない、味噌汁《みそしる》だけくれ」

はい、とおまつは下がって台所へと行く。

おふくは目だけを動かして夫を見た。

「食べてらしたんですか」

ああ、と庄右衛門は小さく咳《せき》を払って頷いた。

涼安はそっとおふくの顔を窺った。面持《おもも》ちを変えることなく、箸を動かしている。

「ごちそうさまでした」

庄吉はそそくさと出て行く。

庄右衛門はおまつの持って来た味噌汁を啜《すす》っていた。

おふくは涼安へと顔を向けた。

「近頃は肌がカサカサしなくなったんですよ。薬膳のおかげだわ」

おまつがそれに言葉を続ける。

「ほんと、お顔に張りが出ましたねえ」

涼安が頷いた。

「ええ、潤《うるお》いが出てますね」

おまつがおふくを覗《のぞ》き込む。

「このままどんどん娘みたいに若返っていくんじゃないですか」

「あら、うれしい」

おふくが頰に手を当て、女二人で顔を見合わせる。

涼安は思わず口を開き、

「や、さすがに娘のようには……」

言いかけて慌てて口を閉じた。

「あら」とおふくが苦笑を浮かべる。

「さすがにそこまでは、願っちゃいませんよ」

はあ、と涼安は首を縮めて、顔を上げた。

「あの、内儀さんはどこで薬膳のことを知ったのですか」

箸を持ったおふくの手が止まる。

反対におまつが手を振った。

「そりゃあれですよ、噂《うわさ》……そう、誰かから聞いたんですよ、ね」

おふくが顔を向けた。

「ええ、そう、どこかで聞いたんですよ。薬膳っていうのがあって、身体の具合もお肌の調子もよくなるって」

「そうそう」おまつが頷く。

「あたしだって、やれるもんならやってみたいですよぉ」

ほほほ、と高らかに笑う。

そこに庄右衛門の椀《わん》を置く音が鳴った。立ち上がると、

「店に出る」

と、座敷をあとにした。

おふくはそれを見送って「ごちそうさま」と箸を置いた。

誰もいなくなった座敷から、涼安は膳を持って出た。

台所へと戻ると、おまつも膳を抱えてやって来た。

片付けをしている涼安に、おまつがそっと寄って来た。

「誰かになにか聞いたんですか」

ささやき声に、涼安はえっ、と身体を回す。おまつも向き合うと、改まった面持ちで涼安を見上げた。いつにない上目遣《づか》いで、涼安をじっと見る。

「え……なにか、とは……」

「旦那様のこと、とか」

ずいっとおまつが寄って来た。

涼安はそっと唾《つば》を呑むと、ささやき声を返した。

「それは、皆川町の家、のことですか」

おまつはそれに溜息《ためいき》を返した。

「やっぱりね、いつかは知られると思っちゃいたけど……」

「おまつさんも知っていたんですか」

覗き込む涼安に、おまつは胸を張った。

「お夕さんのことは、知ってますよ。うちの奉公人だって、みぃんな、ね」

「えっ」涼安は身を反《そ》らす。

「そうなんですか」

「そっ。もっとも旦那様は、みんなにばれてるなんぞ思っちゃいませんけどね」

はあ、と涼安は肩を落とした。

「そうだったんですか。いや、わたしはたまたま神田の家に入って行くのを見かけたもので……」

まさかあとをつけたとは言えない。

ふっ、とおまつは苦く笑った。

「まあ、そういうことは、いずれ広まるもんです。人ってのは噂が好きですからねえ。特に他人《ひと》の不幸話は、面白がるのが人情ってもんです」

「不幸話……確かに内儀さんにとっては……」

「そうですとも。内儀さんが旦那様に惚《ほ》れて婿《むこ》に迎えたのはみんな知ってるし、それが若い妾《めかけ》を囲ったたってなりゃあ、ね」

「え、惚れてって……そうだったんですか」

「そう、旦那様は若い頃男前でね、内儀さんは岡惚れしたそうですよ。内儀さんは大事に育てられた大店の一人娘で、おまけに好いた男まで手に入れたってなりゃあ、人からやっかまれるのはしょうがないってとこかしらね」

おまつは肩をすくめる。

「けど、内儀さんには内緒ですよ。お夕さんのことは、さすがにね」

「はい」

涼安は頷くと、おまつは身を翻《ひるがえ》して離れて行った。

なんと、とつぶやいて、涼安は天井を見上げた。

二

翌日。

昼の膳を片付けると、涼安はすぐに宝来屋を出た。

その足で神田の皆川町へ向かう。

お夕の家に行くと、涼安はそっと窓に近寄った。障子窓は閉まっているが、中から声が漏れてきた。女二人の声だ。

「やっぱり人参をやってみたいんですよ」

お夕の高い声が聞こえてくる。

「それは……」返す声は低く落ち着いている。

「人参がよいのは確かだが、前にも言ったように、なにしろ値が張るのだ」

女の声ではあるが、口調は男のようだ。

耳を立てながら、涼安は人参か、と胸中でつぶやいた。人参とは朝鮮人参のことだ。身体によいことは古くから知られ、公儀が朝鮮から買い入れていた。が、高価なため、八代将軍の吉宗《よしむね》は国内での栽培を命じ、成功した。それが御種《おたね》人参と呼ばれて流通している。吉宗が種を配ったためにつけられた名だ。

「けど」お夕の声がさらに高まる。

「あたしみたいに冷えやすい質《たち》には特に効くって聞いたんですもの。お肌だってきれいになるんでしょう」

「人参は身体を温めるゆえ、お夕ちゃんに向いているのは間違いない。なれど、人参飲んで首くくる、という言葉を聞いたことがあろう。御種人参とて、決して安くはないのだ」

あら、とお夕が笑い出す。

「知ってますよ。身体にいいからってんで借金をして人参を飲んだら、お金を返せなくて首を括《くく》ったってぇ笑い話でしょう。まあまあ、ほんとにあったわけじゃないでしょうに」

「それだけ高い、という喩《たと》え話だ。お夕ちゃんはべっぴんなのだから、そこまでせずとも、もう十分であろう」

「あらぁ、だって、あっちの内儀さんも薬膳を始めたんですってよ。あたしに張り合おうって気なんですよ」お夕の声が尖《とが》る。

「負けられないもの。あたし、旦那様にお願いしてみるわ」

それには、冷えた笑いが返った。

「いくら大店の主だからといっても、打ち出の小槌《こづち》があるわけではなかろう。ほどほどにしないと、愛想を尽かされよう」

「あら、そりゃ困るわね」

お夕の失笑も漏れてくる。

「よくお考えなさい」

そう言って、人の立つ気配がした。

涼安はそっと家から離れる。

戸が開き、薬箱を持った女が出て来た。

道の端から、涼安はそれを窺う。あれが桂先生か、若いな、わたしより二、三歳上、というくらいか……。

そう思いつつ姿を目で捕らえる。と、おや、と頭を見た。髷《まげ》を短く切って垂らしている。武家の後家がする髪型だ。若いのに後家か……。考えながら、涼安は目を動かした。

戸口からもう一人、女が出て来た。色白のなよやかな娘だ。

「それじゃ、桂せんせ、また明日」

にこやかに小さく腰を折る。

あれがお夕だな……。涼安は目で捕らえていた。

桂は小さく頷き、

「うむ、また」

男のように胸を張ると、歩き出した。

涼安はそれに背を向けて歩き出した。が、数歩先で止まった。どこへ帰るのだろう……どういうお人なのか……。

振り向くと、桂はまっすぐに道を進んでいた。

涼安は踵《きびす》を返すと、そっとそのあとについた。

桂は、神田から両国《りょうごく》へと抜けた。

橋詰めの広小路を通って、大川《おおかわ》に架かる両国橋を渡って行く。

涼安も間合いを取って、橋を渡った。

橋を渡ると、本所《ほんじょ》の町だ。

その道を、桂は進んでいく。

表通りの辻の手前で、桂は足を止めた。一軒の二階屋へと入って行った。

涼安はその家へと近づいて行く。

横目を向けながら、その前を通る。歩きながら、戸口にかけられた看板を見た。
医者の字の下に、芳朴斎《ほうぼくさい》と記されている。
ほうぼくさい、か、と涼安は口中でつぶやく。やはり家が医者なのだな……。
世の中には、父親のあとを継いで医者になる女人《にょにん》も出て来ていた。
家を見上げて、涼安は踵を返した。さて、戻るか……。
涼安は再び両国橋を渡った。

両国から神田に入ると、涼安は松田町へと向かった。
道の先には柴垣青山の家がある。
その手前で、涼安は、おや、と目を留めた。
家の見える道の端に、男が立っている。
あれは、怪我で運び込まれたごろつき……。
そっと近寄ると、
「熊吉、であったな」
声をかけた。
熊吉は驚いて一歩下がる。が、ああ、と向き直った。

「あんときの……」頭を下げると、熊吉はそっと顔を上げた。

「あのう……」

懐《ふところ》に手を入れると、おずおずと差し出した。握っているのは百ざしだ。一文銭の穴に紐《ひも》を通して括った物で、百といいつつ実は九十六枚なのが常だ。

「とりあえず、こんだけ持って来たんですけど」

「ほう、なれば入ればよい」涼安は家を目で示す。

「ついでに怪我も診《み》てもらうとよい。あれから痛みは出ていないか」

首筋に見える傷を涼安が覗き込む。

「や、でえじょぶでさ」熊吉は首を振る。

「おかげさんで、ずいぶんよくなりやした。なので、これ」

百ざしを涼安に押しつける。

「ふむ、渡しておくが、遠慮はいらぬぞ。青山先生はけじめをつけるお人だが、怪我人や病人には情が篤《あつ》いのだ」

「へい、そいつは重々……いろんな薬を使ってもらいやしたから。なので、とりあえず、こいつを。残りはまた持って来ますんで」

そう言うと、くるりと背を向けて走り出した。

ふうむ、と涼安は手にした百ざしを握って、家へと入って行った。

「先生、涼安です」

言いながら、勝手に上がって行く。

「おう」と青山が廊下に出て来た。と、涼安の手を見る。

「なんじゃ、それは」

はあ、と涼安は熊吉から受け取ったことを話す。

「ほう、律儀だのう。なれば、堂々と入ればよいものを」

青山は百ざしを握りながら、顔を歪《ゆが》めた。

「いやそうか。さきほどちょうど、薬種問屋の手代が来ておったのだ。掛けがたまっているからと、その高を知らせにな。熊吉はそれを陰で聞いて、うしろめたくなったのかもしれん」

「そうでしたか」涼安はおずおずとした上目遣いを思い出した。

「ああいう者でも、義理は欠いてないのですね」

「そうじゃな。もっとも担ぎ込まれた当初は、悪態をついておったのよ。じゃが、皆から手当てを受けるうちに、だんだんと素直になってな」

廊下を歩き出す青山に、涼安も続いた。

「へえ、根は悪くないのかもしれませんね」

「うむ、まだ二十歳《はたち》を過ぎたくらいじゃろう、それほど悪に染まっておらぬのかもしれんな」

言いながら、師は弟子を振り返った。

「して、なんじゃ、話があったんじゃろう。このあいだは聞きそびれたが」

座敷に入りながら、涼安は「実は」とおふくのことを話す。

「美肌というので、阿膠《あきょう》を使ったらどうかと思うのですが」

生薬《しょうやく》の阿膠は驢《ろ》馬《ば》の皮を煮出して作られている。

「ふうむ、阿膠か……確かに、肌にはよいし、陽の気を鎮《しず》める効用があるゆえ、向いているな。が、年はいくつだ、その女人は」

「四十です」

「ふうむ、となると、阿膠は胃の腑に負担となるやもしれん。もう少しようすを見てからまた考えるがよかろう」

「はい、わかりました」

涼安は青山に頷いた。

青山は文机《ふづくえ》に向かうと、筆を執《と》った。

「この百ざし、書き留めておかねばな。熊吉より百文、と」

その横顔に、涼安は口を開いた。

「そういえば先生は、芳朴斎という医者を知っておられますか。芳《かんば》しい朴《ほおのき》と書くんですが」

ん、と青山は顔を上げる。

「朴葉《ほおば》は確かによい匂いがする。物を腐らせない薬効もある。よい名を考えたもんじゃな。だが、聞いたことはない」きっぱりと首を振る。

「そもそも、わしは長崎や京など、あっちこっちにおったからな、江戸の医者はそれほど知らぬ」

はあ、と頷く涼安に、青山は首を伸ばす。

「その医者がどうかしたのか」

「いえ、若い女医者がいまして、薬膳を作っているのです。その家に、その名がかかっていたもので」

「ほう」青山が白い眉を寄せる。

「近頃は薬膳が知られるようになって、作る者が増えているようだが、まさか……」

眉間《みけん》の皺《しわ》に、涼安も頷く。青山が思っているであろう人物の顔が、涼安の脳裏に浮かんでいた。

「もしや、と思ってわたしもあとをつけたのですが、その芳朴斎は普通の町医者のようでした」

「そうか」青山の眉間が弛《ゆる》む。

「なれば、気にせずともよかろう。漢方を学べば、薬膳を作ることは難しくはない」

「そうですね」

涼安も面持ちを弛めて頷いた。

三

宝来屋の台所で、涼安は笊《ざる》から泥つきの牛蒡《ごぼう》を手に取った。すると、「あら」と声がかかった。

「こっちをどうぞ、洗ってありますから」

おまつがきれいに洗われた牛蒡を持って来る。

「どうするんです。ささがきですか」

「ええ」涼安が頷くと、おまつは包丁を手にして台の前に立った。

涼安も並んで、牛蒡を切り始める。

台所にいるのは二人だけだ。

「あの、おまつさん」涼安はそっと横顔を見た。

「あのお夕さんというお人は、いつから皆川町に住んでいるんですか」

「そうねえ、もう半年になるかねえ」

「半年……まだそれほど経っていないんですね」

「そうね」おまつは言いつつ、顔を上げた。

「けど、旦那様が惚れ込んだのは、二年くらい前だったらしいわ。元は深川の遊女でね、夕波《ゆうなみ》ってぇ名だったたって話」

「遊女、ですか。では、身請《みう》けをしたということですか」

「そっ。吉原《よしわら》ほど高くはないらしいけど、まあ、身請けとなれば、それなりに払ったみたいよ。そのお金を工面するのに、時がかかったってことでしょう」

おまつは器用にささがきを作りながら、肩をすくめた。

「へえ」涼安は天井を見上げた。

「内儀さんに内緒となれば、都合をつけるのも大変だったでしょうね」

「そら、そうでしょうよ。どうやって集めたか知らないけど、自分の息子よりも若い娘に夢中になっちまうんだから、恋ってのはおっかないわ」

涼安はお夕の姿を思い起こした。十九か二十歳、という風情《ふぜい》だった。

ふうん、と胸中でつぶやく。恋というのは、それほど人を迷わせるものか……。

その思いを読んだかのように、おまつが顔を覗き込む。

「先生は、娘に岡惚れしたことないんですか」

にっと笑う顔に、涼安は真顔で見返した。

「ありません」

「あらまあ」おまつは再び肩をすくめると、包丁を握り直した。

「ま、これからだわね」

笑いを浮かべる。と、その顔を上げた。

台所の入り口から、覗き込んでいる顔があった。

「おや、吉松《よしまつ》っつぁん、なんだい」

はあ、とおずおずと入って来る。三十路《みそじ》近くに見えるが、控え目な態度だ。

「水が飲みたくて」

あいよ、とおまつは土間の隅に置いてある水瓶《みずがめ》に行って、湯飲み茶碗に水を汲《く》んだ。

「どうも」

受け取った吉松がそれを飲む。

おや、と涼安はその顔に目を留めた。額に傷がある。斜めに切られたような古傷だ。では、と涼安は佐吉の話を思い出していた。赤鬼に抗《あらが》って切られた手代、というのはこのお人か。見かけはおとなしそうだが……。

水を飲み干した吉松は、茶碗をおまつに返す。

「ありがとさんです」

言いながら、その目が動いて涼安を見た。見つめていた目と目が合う。と、吉松は慌てて逸《そ》らした。

どうも、と言って、台所を出て行く。

反対の勝手口から、末吉が入って来た。

「おまつさん、菜っ葉、洗ったよ」

「ありがとよ」

おまつがそちらへと行く。

涼安は残った牛蒡を手に取り、ささがきを作り始めた。

昼の膳を片付けて、涼安は勝手口を出た。

表に回ろうと歩き出すと、後ろから足音が聞こえてきた。

振り向くと、裏の蔵のほうから荷を背負った男が追いかけて来ていた。息を整えて、涼安の手前で止まる。

「ああ」と涼安は向き直った。

「吉松さん、でしたね」

「はい」

吉松は意外そうな顔で頷く。

涼安はにっと笑った。

「台所で会いましたね」その目を吉松の額に向けた。鉢巻きで傷跡が隠されていた。

「届け物ですか」

背負った荷を見る涼安に、吉松は頷く。

「はい、これから内藤新宿《ないとうしんじゅく》まで」

ほう、と涼安は向きを変えて歩き出した。

「では、急ぎますね。歩きましょう。急がないと戻りが暗くなってしまう」

内藤新宿の宿場までは二里余りある。吉松もあとに続いた。

「遠くまで大変ですね」

涼安の言葉に「いえ」と吉松は首を振った。

「こんなのはしょっちゅうです。うちが卸《おろ》している小間物屋さんは大名屋敷にお出入りしているお店も多いので、急ぎの注文も珍しくないいんです。そういう届け物はあたしの仕事なんです」

なるほど、と涼安は横顔を見た。額の傷のせいで店には出されず、届け物の役目を課されているのだな……。

表の道に出ると、二人は並んで歩いた。

涼安は横目を向ける。台所での眼差《まなざ》しを思い出していた。

「して、なにか御用があったのではないですか」

あ、と吉松が顔を向けた。が、すぐにうつむいた。

「ええ、と……」

「なんでしょう、言ってみてください」

涼安にも、気易《きやす》くなって赤鬼の話を聞きたい、という気持ちがあった。

「あの」吉松が顔を上げた。

「うちのおとっつぁんのことなんです。実はちと具合が悪くて、このあいだお医者を呼んだら、消渇《しょうかつ》（糖尿病）って言われて、薬も出してもらったんですけど、その、続けられなくて……」

下を向く。

そうか、と涼安は腑に落ちた。医者の出す薬代は高額なため、服《の》み続けられる庶民は少ない。

「で」と吉松は顔を上げた。

「食養生《しょくようじょう》が大事だって言われたんです」

ふむ、と涼安は頷く。

「確かに、消渇には食養生が欠かせません」

頷く涼安の顔を、吉松は覗き込む。

「やっぱり、そうなんですか。それで、あの……どうすりゃいいのか、教えてもらいたくって。そのお医者はご飯を減らせ、酒を飲むな、と言って帰って行ったんですけど、おとっつぁんはとんと聞く耳を持たなくて……」

「ああ、それは難しいでしょうね。人はそう簡単には、食の習いを変えられないものです」

「はあ、やっぱり……けど、うちの店では、内儀さんの皺が減ったって評判になってて。だから先生に聞けば、いいやり方を教えてもらえるんじゃないか、と思ったんです。すいません、厚かましい話なんですけど」

頭を深々と下げる吉松に、涼安は笑みを向けた。

「いや、かまいません。ですが、一度、そのおとうさんに会ってみないと、なんとも言えません。食養生のやり方は、その人の質によって変わるのです」

え、と吉松は目を丸くする。

「そうなんですかい」

丸い目はすぐに困ったように歪んだ。

涼安は心中を察して笑みを深めた。

「なに、お代は……二十文ということで」

「えっ」目がまた丸くなる。

「いいんですかい、それで」

「ええ、かまいません。吉松さんはおとうさんと一緒に暮らしているんですか」

「はい、宝来屋には通いで……家は神田の通新石町《とおりしんこくちょう》なんです」

「ほう、それでは」涼安は吉松の荷を見る。

「今日は遅くなりそうですから、明日、いかがですか。仕事が引けてから、家に連れて行ってください」

「はい。それじゃ……七つ半（午後五時）にはお店を出られるので、ええと、神田の十軒店《じっけんだな》は知ってなさいますか。そっから近いんで」

「ええ、わかります、ではそこで落ち合いましょう」

はい、と吉松は背筋を伸ばし、腰を折った。

道はちょうど辻に差しかかっていた。

「では、明日」

涼安が辻を曲がると、吉松は顔だけを上げて見送った。

四

翌日。

宝来屋を出た涼安は、師の青山の家を訪れた。

奥の薬部屋に行くと、

「なんじゃ、用か」

青山が顔を上げた。手は、薬研車《やげんぐるま》を回している。生薬を磨《す》り潰《つぶ》すための道具だ。

「いえ、夕刻まで手が空いたのでなにか手伝わせてください」

入って行った涼安に、青山はくいと顎《あご》を上げた。

「なれば、ちょうどよい。薬研車を代わってくれ。疲れた」

はい、と入れ替わって、涼安は車を回し始めた。

青山は向かいで、磨り潰した薬を包み始める。

その指先を動かしながら、青山はちらりと弟子を見た。

「そういえば、薬膳を出している女人のようすはどうじゃ」

「はい、肌に張りが出て来ています。皺が減ったと、店の者らにも評判になっているそうで」

「ほう、うまくいっているのだな。しかし、四十ともなれば、肌よりもほかの不調が出そうなものだが、女というのは、いつまでも見目を気にするのだな」

はあ、と涼安は口ごもる。

「実は、夫が若い娘を囲ったそうで……」

青山の顔に苦笑が浮かぶ。

「なるほどのう。それは張り合う気持ちも生まれるわけだな」

「ええ、内儀さんは惚れて婿に迎えたそうで、情は冷めていないのでしょうね」

首をすくめる涼安に、青山も肩をすくめた。

「ふうむ、惚れたはれたのことはよくわからんがの」

はい、と苦笑しつつ、涼安は小首をかしげた。ずっと聞けずにいたことが、むずむずと喉元に上がってきていた。

「青山先生は、妻を娶《めと》られたことは……」

江戸では男の数のほうが多いため、生涯、妻を持たない者も少なくない。

「うむ、あるぞ、一度な」

「えっ、あったのですか」

驚く涼安に、青山が笑みを向ける。

「長崎にいた頃に、妻にした女がいた。遊女で病を得ていたため、引き取ったんじゃ」

「ああ、そういうことですか。先生らしい……」

「いや」青山は照れたように笑顔を歪める。

「惚れてもいた」

えっ、と涼安が首を伸ばすと、青山は顔を背けた。

「気の強い女でな、賢かった。よく気もついて、ともに暮らすとなにくれと助けになってくれたわい」

へえ、と涼安は思わず手を止めていた。しかし、と胸中で思う。過ぎたこととして語られるということは、もはや……。

その思いを汲み取ったように青山は、顔を歪めた。

「もとより病があったからな、数年の夫婦暮らしじゃった」

「そうでしたか」

「うむ、しかし、たとえ別れがあっても、出会ったことは宝じゃ。ああ、手が止まっておるぞ」

「あ、はい」

涼安はまた薬研車を回す。

「そなたは」青山が顎を上げた。

「そういう女はいないのか」

はあ、と涼安はうつむく。

「まだ……」

ふむ、と青山は微笑《ほほえ》んだ」

「ま、いずれ、じゃな」

涼安は再び「はあ」と言って、手に力を込めた。

七つ半を回った刻限に、涼安は神田通新石町の十軒店の近くに立った。

この界隈《かいわい》は人形作りの職人が多く集まっている。雛《ひな》人形や五月人形、押し絵羽子板などは江戸名物にもなっていた。

「先生」

駆けて来た吉松は、そのままの足で「こっちです」と道を進んだ。

辻を曲がると、すぐに三軒長屋の前で止まった。

「ここです」

涼安を振り向きながら戸を開ける。

「おとっつぁん、お客さんを連れて来たよ」

家に入って行く吉松の目顔に促されて、涼安も続く。

家の中で、窓際で胡座《あぐら》をかいていた男が顔を上げた。

「誰でい」

「ほら、話しただろう、お医者の先生だよ」

吉松は答えながら、涼安を座敷に招く。

「ああ、宝来屋に来なすっているという」父は膝を回して、頭を下げた。

「倅《せがれ》が世話になりやす。あっしは孫六《まごろく》と言いやす」

「清河涼安です」

向き合って正座をする。その目では、孫六の姿を凝視していた。

身体の肉付きがよく、色が白い。日に当たっていないのだな、と涼安は思う。

その目を移して、孫六が向かっていた台に向けた。平面な人形が並べられている。

吉松が、そっと涼安の顔を窺った。

「おとっつぁんは押し絵羽子板の人形を作ってるんです」

「なるほど」涼安は部屋の中を見回した。人形や道具がたくさん積まれている。

「では、ここでずっと仕事をなさっているわけですね」

「へえ、さいで」孫六が頷く。

「若い頃には親方の家に住み込んでたけど、独り立ちしてからこっち、ずっとここでやってるんでさ」

手を上げて、家の中を示す。台の近くに水差しと茶碗が置いてある。

「孫六さんは、水をたくさん飲みますか」

涼安の問いに、孫六は小さく首をかしげて訝《いぶか》しげな目を息子に向けた。

吉松は慌てて手を振った。

「いや、せっかく来てもらったんだから、診てもらおうよ」

ああん、と父は顔を歪める。

「なんでい、羽子板を見に来たんじゃねえのかい」

え、と涼安が顔を向けると、吉松は首をすくめて手を合わせた。そういうことか、と得心して、涼安は笑顔を作った。

「吉松さんから孫六さんが消渇だと聞いたので、お邪魔したのです。食養生をせよ、と医者に言われたそうですね」

ち、と目を歪めて、孫六は涼安に向き直った。

「へい、さいで。けど、こいつが大げさに心配してるだけでさ。こちとら、別にどうってこたあねえんで」

「けど」吉松が腰を浮かせる。

「水ばかり飲んでるじゃないか。普通はそれほど飲みやしないって。そのうえ、酒も飲むし、おまんまだって饅頭《まんじゅう》だって人より多い……医者はそれをやめろって言ったじゃないか」

「ほう、酒も甘い物も好きですか」涼安はそっと台所に目を向けた。

「失礼ながら、おかみさんは？」

「ああ」吉松が眉を寄せた。

「五年前に病で……そのあとは妹がお勝手をやってたんですが、一昨年《おととし》、嫁に行っちまったもんで」

なるほど、と涼安は腕を組んだ。女房を亡くして寂しさもあるのだろう……さらに、料理を作る人がいなくなって、食が乱れたのだな……。

「消渇を侮《あなど》ってはいけません。甘い物がほしくなるのも、食べても満腹にならないのも、そのせいで起きるのです」

涼安が突き出た腹を凝視すると、孫六はえっと手を当てた。

「さらに」涼安は顔を引き締める。

「病が進むと、目が見えなくなることもあるし、足や手の先が腐ることだってあるんですから」

ええっ、と孫六は目をしばたたかせて手と足を見る。

涼安はわざと声を低くした。

「やがて、腎《じん》の臓が弱って小便が出なくなり、身体が浮腫《むく》んでつらい思いをする。

そして、死ぬのです」

「なんですって」と吉松が声を上げた。

「そんなことにっ」

「そうです」

涼安は眉を寄せて親子を順に見た。

孫六の顔も引きつっていた。

涼安は膝で進んで孫六を見つめた。

「今はまだふくよかですが、病が進むと痩せ始めます。その先は、どんどんと坂を転げ落ちるように悪くなっていく。そうなると、もう元には戻せません。が、今なら間に合います」

きっぱりと言う。

孫六は胡座を正座に変えた。

「ど、どうすりゃ……」

「まず、酒を減らしましょう。きっぱりやめるのがいいのですが、いきなりは無理でしょう。かえっていらいらしてしまうでしょうから、飲む量を少なくしてください。それとご飯です。それも少なく減らしてください。器はどれを使っているのですか」

その問いに、吉松は台所へ行って丼《どんぶり》を持って来た。

「これを使ってます。おとっつぁんは白いおまんまが好きで、朝は必ず山盛り二杯、昼も夕も、この丼で湯漬けを食べてます。な」

「ああ」と孫六は渋面《じゅうめん》になる。

「おまんまを食わなけりゃ、仕事なんざできやしねえ」

涼安は丼を受け取って覗き込んだ。

「たくさん入りますね。ご飯はこれで軽く一膳にしてください」

「一膳っ」

眉を動かす孫六に涼安は頷く。

「一杯だけです。それと、湯漬けにするときには、おからを入れてください。ご飯とおから半々くらいにして」

「おからぁ」孫六が顔を反らせる。

「そんな、鳥の餌《えさ》みてえもんじゃ、腹がくちくなりませんぜ」

「食べているうちに馴《な》れます。食べる際にはかっ込まずに匙《さじ》で一杯ずつ、ゆっくりと噛んで食べてください」

「んな、赤ん坊みてえな食い方……」

「いえ、それが食べる量を減らすコツです。それと饅頭は禁止で」

涼安の言葉に、孫六は身を反らす。

「やっ、甘いもんはやめらんねえ、どうしたってほしくなるんで」

「そういうときには飴玉《あめだま》を一つ、ゆっくりと舐めてください。甘い物ほしさも、もっと食べたいという欲も、四《し》半刻《はんとき》（三十分）の我慢です。それを耐えれば落ち着きます」

「へぇえ」吉松は父を見た。

「ちゃんと聞いたかい、四半刻だってよ。できるだろう」

うぐ、と孫六は拳《こぶし》を握る。

涼安はさらに畳みかけた。

「それと、毎日一回、外を歩いてください。ここから、そうですね、外神田《そとかんだ》の神田明神《みょうじん》まで行って戻って来ること。これも、欠かしてはなりません」

「神田明神」孫六は腕を組む。

「いや、神田明神はときどきお参りに行くけども、あっこは坂があって……」

「はい、坂がいいのです」

涼安が胸を張ると、吉松が父を覗き込んだ。

「いいじゃないか、おとっつぁんは出歩いたほうがいいよ、神田明神なら御利益《ごりやく》だってあるさ。それで、病がよくなるんなら一挙両得じゃないか。あ、けど」

吉松は、上目がちに涼安を見た。

「おとっつぁんは外に出ると、屋台の天ぷらを食べて帰ってくるんです。そいつはどうですか」

「禁止です」

涼安が顎を上げる。

「なんだって……おれぁ、海老《えび》の天ぷらがでえ好物……」

孫六が歯がみをする。

「だめです、天ぷらは」

涼安が制するように手を上げた。

「だってさ」

息子は父の顔を覗き込んだ。孫六の顔が大きく歪む。

涼安はその顔を見つめた。

「孫六さんは、もともとの身体は丈夫そうです。それほど暑がりでもなく、冷えやすくもないでしょう」

「へえ、そういうのはねえですね」

頷く孫六に、涼安は膝で寄って顔を向き合わせた。

「舌を出してください」

へっ、と戸惑いながらも孫六は舌を出す。

ふうむ、と涼安はそれを見た。

「舌が乾いている。それに舌の苔《こけ》が黄色い。消渇の表れです」

涼安は手を差し出した。

「脈を診せてください」

はあ、と差し出す孫六の手首に指を当て、涼安はしばし沈黙した。が、その顔を上げると、笑みを浮かべた。

「けっこう。脈はよい脈です。きちんと養生をすれば、よくなりますよ」

「そうですか」息子が声を上げる。

「ああ、よかった」

　顔を明るくした吉松に、涼安は頷いた。

「あとは煮売りを買うときには卯《う》の花を多めに、それに青菜のおひたしや煮豆、きんぴら、切り干し大根などを買ってください。豆腐やこんにゃくは特にいいので、毎日でも。味の濃い時雨煮《しぐれに》はご飯が進んでしまうので、避けてください。湯漬けに飽きたら、刻んだ青菜を混ぜた菜飯《なめし》も作ってみてください」

「はい」

　吉松は背筋を伸ばした。と、その顔を父に向ける。

「ってことだから、いいね、おとっつぁん」

　孫六は歪めていた面持ちをほどいて、ゆっくりと頷いた。

「ああ、わかったよ。目が見えなくなるのは困る」

　目の前に手を上げて、ひらひらと揺らす。

　吉松と涼安は、笑顔を交わした。

「ありがとうございました」

　その笑顔のまま、吉松は深々と頭を下げた。

五

宝来屋の台所で、涼安は包丁の音を立てる。種を除いた梅干しを叩き続けていた。

「あら」おまつが覗き込む。

「それはなんに使うんです」

「大根を細切りにして、和《あ》えるのです。酢を入れると、さっぱりとしてよい味になるんですよ」

へえ、と首を伸ばしていたおまつが、その顔を上げた。

「おまつさん」若い細身の手代が入って来る。

「お水おくれな」

言いながら、下駄を引っかけて土間に下りてくる。

「あいよ」

おまつが湯飲みを渡すと、手代は喉を鳴らして飲み干した。

と、湯飲みを返しながら、ちらりと鍋を見る。

「いい匂いだなあ」

目を細めて言う。

ああ、とおまつは蓋《ふた》を取った。

「生揚げを煮てるのさ。留七《とめしつ》つぁん、好きだったね」

そらよ、とおまつは箸を取ると、切った生揚げを一つ刺して手渡した。

「わあ、かっちけねえ」

留七は丸い顔をほころばせて湯気の立つ生揚げにかぶりつく。はふはふと息を吐きながら、満面の笑みになった。

「うめえや」

「そらよかった」

おまつも笑顔になって頷く。

留七は箸をおまつに返すと、ようし、と手を上げて戻って行った。

それと入れ違いに、小僧もやって来た。

「おばちゃん、お水ちょうだい」

あいよ、と板間にしゃがみ込んだ小僧に湯飲みを持って行く。

と、竈《かまど》に戻ると、生揚げを箸に刺して小僧に運ぶ。

「これも食べな」

うん、と小僧は腰を上げて箸をつかむ。

ゆっくりと味わいながら、小僧は食べていく。

「旨《うま》いだろう」

覗き込むおまつに、小僧は目を細めて頷いた。

箸を返しても、小僧はすぐには立たずに、はあ、と息を吐いた。

「さ、もう戻りな」

おまつの言葉で、小僧は苦笑いをしながら立つ。

「ごっそさま」

ああ、と頷くおまつを振り返りながら、小僧は戻って行った。

涼安はそっとおまつを目で追っていた。これまでも、よく見た光景だ。

「皆さん、ここに来ると笑顔になりますね」

涼安の言葉に、おまつは肩をすくめた。

「みんな、息抜きに来るんですよ。店じゃ、お客に頭を下げ、旦那様や若旦那に叱《しか》られ、気が休まる暇がないんでしょう。それにお腹が空くからね、若い子は」

「いいんですか」涼安は湯気を立てている大きな鍋を見た。

「つまみ食いをさせてしまっても」

ああ、とおまつも鍋を見る。

「あれはね、旦那様に言われてるんですよ、食べさせてやれって」

「へえ、情が深いんですね」

涼安の言葉に、おまつが笑い出した。

「いんえ、そういうこっちゃなく……お腹を空かせてご飯になると、いっぱい食べるでしょう、だから、その前につまみ食いをさせて、お腹が空かないようにしておけってぇことですよ」

え、と目を丸くする涼安に、おまつは苦い笑顔になった。

「旦那様はそのへんは厳しい……ま、早く言えばけちんぼなのよ」

ぺろりと舌を出して、おまつは竈の前に戻って行った。

そういうことか……。涼安は口中で唸《うな》りながらまな板に向き直り、包丁を握った。とんとんと、また音を立てて梅肉を叩き始めた。

宝来屋を出て、表の道を歩き出した涼安に、横から声がかかった。

「お帰りですか」

見上げているのは、台所に来ていた丸顔の留七だった。

「うむ」涼安は腕に抱えた大きな箱を見た。

「留七さんは届け物か」

はい、と頷く。

「上野《うえの》のお寺に墨《すみ》と筆を届けに行くんです」

「そうか、気をつけてな」

涼安の言葉に礼をして、留七は追い越して行った。

人混みの中を、涼安は留七の背中を見ながら進んだ。留七のほうが足が速く、だんだんと間合いが開いていった。

そのまま、日本橋から神田へと入って行く。

神田の道は朝夕は人が多い。が、昼間は皆、仕事に行っているせいか、行き交う人はそれほど多くはない。留七の背中も遠いながらもよく見えた。

え、と涼安は目を見開いた。

留七が立ち止まった。

その前に、赤鬼の面が見える。

なんと……。涼安は駆け出した。

留七があとずさりしているのがわかる。

懐から、巾着《きんちゃく》を出して投げたのも見て取れた。
赤鬼はそれを拾い上げる。が、さらに、足を踏み出した。
涼安がそこに近づいた。
赤鬼が手を伸ばす。
「そいつを寄越せ」
留七に寄って行く。
留七は荷物を両腕に抱えてしゃがみ込んだ。
赤鬼は懐から匕首《あいくち》を取り出した。
「待てっ」
声を上げながら、涼安が追いついた。
留七が振り返る。
赤鬼は、動きを止めた。
涼安は向き合う。
面からはみ出て見える顎と張ったえらを、涼安は凝視した。
あのときの男だ……。佐吉を襲った赤鬼に間違いない。
赤鬼も目の穴から涼安を見つめている。と、ちっ、と舌を打った。

踵を返し、赤鬼が走り出す。

涼安は追う。

追いながら、赤鬼の着物に目を留めた。茶色の地に黒い縞《しま》模様が入っている。

見逃さないぞ……。

赤鬼の腕が動いた。面を外して、懐にしまうのが見て取れた。

足はそのまま走り続けている。と、辻を曲がった。

涼安もそれに続く。

走りながら、おや、と左右を見た。この道は……。以前、庄右衛門のあとをつけて入り込んだ道だった。

先を行く赤鬼の足運びが乱れ始めた。

涼安は間合いを詰める。

と、赤鬼は一軒の家へと向かった。

戸を開けて、中へと駆け込む。

あっ、と涼安は声を上げた。

入り込んだのは、お夕の家だった。

危ない……。涼安も駆け込んだ。

草履《ぞうり》を放って脱ぐと、

「邪魔をする」

声を上げて上がり込む。

奥から、人が出て来る。お夕だ。

涼安は手を上げた。

「こちらへ」

お夕は戸惑い、あとずさる。

涼安は顔を巡らせた。

「今、男が入り込んだのだ」

お夕は、ああ、と身を縮めた。

「それなら裏から逃げて行きました」

廊下の奥を目で示す。

と、そちらから人影が現れた。

「どうした」

桂だ。涼安を見て、きっと眉を上げ、身構える。

「あ、わたしは」涼安はそれを制するように手を上げた。

「曲者《くせもの》を追って来たのです。この家に逃げ込んだので。今、出て行ったそうですね」

え、と桂は眉を寄せた。

「お勝手には誰も来なかったが」

以前に聞いたのと同じく、男のような口調で言う。

あ、とお夕が両手を合わせた。

「なら、窓から出て行ったんでしょう。そう、物音がしたし」

む、と涼安はお夕を見る。肩と唇が小さく震えている。怯《おび》えているのか……。

佇《たたず》む涼安に、桂がずい、と歩み寄ってきた。

「そこもと、何者か」

向かいに立って、顔を上げた。涼安よりも少し背が低いが、小柄なお夕よりはずっと高い。

あ、と涼安は姿勢を正した。

「わたしは清河涼安と申し……その、宝来屋に出入りをしている者です」

「宝来屋」

お夕と桂の声が重なった。二人は顔を見合わせて、顔を歪める。

「いや」涼安は手を上げた。

「宝来屋に言われて来たわけではなく、手代が赤鬼に襲われた場に居合わせたのです。で、逃げる赤鬼を追って来たところ、こちらに逃げ込むのを見たわけでして……」

「赤鬼」桂が顔をしかめた。

「なんだ、それは」

「それは」お夕は桂に向く。

「旦那様に聞いたことがあるわ。赤い鬼の面を被《かぶ》った男が、手代や小僧を狙うって」

ほう、と桂がお夕を見て、その顔を涼安に向けた。

「では、そこもとは宝来屋の用心棒ということか」

いや、と涼安は上げていた手を下ろした。

「わたしは内儀さんに薬膳を作っているのです」

「なんと」桂の眉が寄る。

「薬膳……そうか、そこもとが薬膳師を名乗っているお人か」

はあ、と涼安は目を歪めた。

「それは師より受け継いだもので、わたしは大した者ではありません」

ふうむ、と桂は半歩寄って、涼安を見つめた。

「わたしは芳朴斎桂。祖父、父の仕事を継いで医者をしている。もともと養生食を作っていたのだが、近頃、薬膳という呼び方を知って、よい名だと思って拝借している。そういえば、清河涼安、という名は耳にしたような気がする」

桂は目顔で頷いた。

「そうでしたか」涼安は小さく笑みを浮かべる。

「わたしもこちらのお夕さんに薬膳を出しているお人がいると、聞いてはいました。このような機ですが、お見知りおきを」

言いつつ、笑みが歪むのを抑えきれなかった。

それを見て、桂はついと顎を上げた。

「ふむ、わたしも内儀殿が薬膳師を招いたことは聞いている。これほど若いお方とは思わなんだが」

小さく鼻で笑った。

くっ、と涼安は笑みを消した。

「わたしは二十五です。そちらもお若く見えますが」

「わたしは二十六だ」鼻に皺を寄せると、桂は胸を反らした。

「医術を学んで十四年になる。祖父が医者で父も医学館《いがくかん》で学んだゆえ、その教えを受けたのだ」

その言葉に、涼安はむうっと口を結んだ。自らが医術を学び始めたのは、十七の時だった。まだ八年しか経っていない。

黙り込んだ涼安に、桂は口元で冷ややかに微笑んだ。

「曲者退治、ご苦労でした。もう立ち去ったようだから、ご安心を」

その横から、お夕が進み出た。

「お騒がせしました」

深々と頭を下げる。と、その顔を上げると、両手を合わせて涼安を見つめた。

「あの、このこと、旦那様には内緒にしてください。よけいな心配をかけたくないんです」

眼を揺らしながら、半歩、寄って来る。

ああ、はい、と涼安は身を引いた。

「わかりました。言わずにおきます」

よかった、とお夕は手を擦《こす》り合わせて腰を折った。

桂はその横で、涼安を上目で見ている。さっさと引き取れ、と言わんばかりの目に、涼安は一つ、咳を払った。

「では、わたしはこれにて」

廊下を戻って上がり框《がまち》に立つと、ふと、足下に気づいた。

赤鬼が土足で上がり込んだ土汚れが、残っている。

それを追って振り向くと、汚れは廊下の途中で消えていた。

いや、と自分の足を見る。わたしが消してしまったのか……。

足袋《たび》の足裏を見ると、汚れがついていた。

しかし、と思いながら、奥へと振り返る。すでにお夕の姿はなく、桂だけが腰に手を当てて仁王《におう》のように立っていた。

涼安は小さく会釈《えしゃく》をすると、さっさと草履を履《は》いた。

土間で戸に手を掛けながら向き直ると、

「戸締まりにはお気をつけを」

涼安はそう言って、桂を見た。

「承知」

桂は仁王立ちのまま頷く。

涼安は口を曲げて外に出ると、開いたままだった戸を勢いよく閉めた。

第三章　お払い箱

一

家の台所に立って、涼安は葱《ねぎ》を刻んでいた。朝餉《あさげ》の味噌汁《みそしる》に入れるためだ。竈《かまど》の前では、義妹のお信が火の加減を見ている。

そこに、勝手口から人が入って来た。

「おはようございます」

あら、とお信が立ち上がる。

「おっかさん、こんなに早くから」

「ええ、ごめんなさいよ」おうめは中へ入りながら、庭を振り返った。

「庭で栄介さんにお願いしたら、こちらに持って来てくださるって。唐辛子《とうがらし》がなくなっちまったもんで、うちのおっとさんに頼まれたんですよ。栄介さんの唐辛子は辛《から》みが強いからって」

唐辛子をはじめ、庭でさまざまな薬草を育てるのが、栄介の仕事だ。

ああ、と涼安は包丁を持つ手を止めた。

「これから寒くなると、料理にはたくさん使うようになるでしょうね」

「ええ。それに、うちの茶屋に来るお客さんのなかに、辛いのが大好物っていうお人がいるんですよ」

「へえ」

微笑《ほほえ》む涼安に、おうめが肩をすくめる。

「そのお客さん、ひと瓶《びん》、空にしちまうんです。で、空になると、ケチケチするなって怒り出すんですよ」

「ああ」と、涼安は天井を仰いだ。

「そういうお人ですか。いかにもだな……」

え、とおうめが寄って来る。

「いかにもって」

首を伸ばすおうめに、涼安は向き直った。

「辛いのが好きなお人は短気というか、かっかしやすい人が多いんです」

へえ、とお信も寄って来た。

「そういえば、うちの料理人にもいたわね。短気ですぐに怒鳴る人。あの人、自分で食べるときには、唐辛子とか生姜《しょうが》とかたくさん使って、おっとさんに文句言われてたわよね」

「そうそう」おうめが手を打つ。

「あげくにおっとさんと喧嘩《けんか》して、辞めちまったけどね」

ふうっと、涼安は息を吐いた。

「そういう人は、喧嘩っ早いんです。辛い物を食べると気血《きけつ》の巡りがよくなるので、頭に血が上りやすいのです」

「へえ」母娘《おやこ》は顔を見合わせる。

「それじゃ、あまり食べないほうがいいんですか」

首をかしげるお信に、涼安が頷《うなず》く。

「短気な人は控え気味にしたほうがいいですね。しかし、そういうお人に限って、辛い味が好きなのです。辛い物を食べるからかっかしやすくなるのか、短気な質《たち》だから辛い味が好きなのか、そのへんははっきりとしないんですが、食べ続けるのがよくないのは確かです」

「あら」おうめも首をひねる。

「どうなっちまうんですか。その辛い味好きのお客さんは汁物を真っ赤にして、ひぃひぃ汗かいて喜んでるんですよ、こうやって」

おうめは手で顔をあおいで笑う。が、涼安は眉を寄せた。

「ううむ、辛い物を食べると、汗をかくでしょう。それが過ぎれば心の臓の負担になります。病につながるかもしれません」

「まあそりゃ、大変。笑いこっちゃないわね」

おうめは真顔になった。

ええ、と涼安は頷いた。

「そのお人に汁物を出すときには、浅蜊《あさり》や牡蠣《かき》などを入れるとよいのです。身体を冷やす物を入れて、辛い物との兼ね合いをとるのです。それと、冷たい水を出すとよいでしょう、それで、身体を冷ますことができますから」

「なるほどねえ」おうめは大きく首を振る。

「わかりました、おっとさんに伝えなきゃ。うちの料理を食べて具合を悪くした、なんてことになったら、料理茶屋の名折れですからね」

隣のお信も頷く。

「栄介さんの唐辛子で病になったなんて言われたら困るわ」

母娘は頷き合う。

そこに、家の中から声がかかった。

「持って来ましたよ」

栄介が笊《ざる》を抱えて板間に入って来る。父の伊右衛門も一緒だ。

皆が、そちらに寄って行く。

栄介は笑顔で義母を見上げた。

「今年は唐辛子が豊作でしたから、どうぞたくさん持って行ってください。味もいいですよ」

「うむ」父も笑顔になる。

「苗木はわたしが育てたゆえ、よい実がなったのだ」

はい、おうめも微笑む。

「いい色ですこと。うちは安くしてもらうのだから、形の悪いのでいいわ。きれいなのはよそで売ってちょうだい」

おうめは千切れた物や形の崩れた物を選《よ》っていく。

「いや、遠慮せずに、よい物もお持ちください。たくさんあるんですから」

栄介が言うと、父も頷いた。

「そうそう。他人じゃあるまいし」

皆が顔を見合わせる。

「そのとおり」

涼安が笑い出すと、皆もそれに続いた。


家を出て、涼安はいつものように宝来屋へと向かう。

神田の道に入ると、「もし」と背後から声がかかった。

振り向くと背中に荷を背負った男が、ついてきていた。

涼安はえっと息を呑んだ。額の上方に赤い痣《あざ》が見える。いつぞやの筆墨《ひつぼく》売りではないか……。

向き直った涼安を、男が見上げる。

「お医者さん、宝来屋に行くのかね」

「ええ」

頷きながら、男の顔を見る。血の気のない顔で、肌も張りがない。

「ふうん」男は半歩、寄って来た。

「宝来屋は病人でもいるのかね」

「いえ」涼安は首を振る。

「食養生《しょくようじょう》をしているだけです」

その言葉に、なんだ、と男は赤味のない唇を動かした。

「さいでしたか」

背を向ける男に、涼安は手を伸ばした。

「や、あなたこそ、なにか薬が要《い》りようなのでは……」

その声に振り向くことなく、男はすたすたと去って行った。

なんだというのだ……。思いつつ、その後ろ姿を見送ると、涼安はふっと息を吐いて踵《きびす》を返した。

歩き出してしばらくすると、また後ろから声がかかった。

「涼安先生」

駆けて来たのは吉松だ。

「おはようございます」

横に並んだ吉松に、涼安は笑みを向けた。

「おはようございます。よかった、気になっていたのです。おとうさんはどうですか。ちゃんと、わたしの言ったことを守っていますか」

ああ、と吉松は溜息《ためいき》をついた。

「それが、一応は守っているようなのですが、文句ばかり言って……これじゃ腹が減るだの、楽しみがなくなっただのと……」

「そうですか。まあ、しかたがないですね。耐えていただくしかないので」

涼安の言葉に、吉松は眉を寄せる。

「ええ、わたしも我慢しろと言っているんです。まあ、神田明神には、毎日行っているようなんですよ。けど、途中で買い食いをしているんじゃないかと、そこが心配で……一日中、見張るわけにはいきませんから」

「ううむ、それはそうですね。見た目はどうです、少しは痩せましたか」

「はい、少し。顔が前よりは丸みが減ったような気がします」

「なれば、大丈夫でしょう。すべてではなくとも、言いつけはそれなりに守っているはずです」

涼安は笑みを向けた。

はあ、と吉松も苦笑交じりの笑顔になる。

涼安は真顔に戻すと、そっと吉松の額を見た。今は手拭《てぬぐ》いを巻いていない。

「赤鬼に立ち向かった手代がいた、という話を聞きました。吉松さんがそうで、その傷は、その折のものなのですよね」

いや、と吉松は額を押さえる。

「立ち向かったなんてぇ、立派なもんじゃありません。なんせ、あたしは奉公に上がったばかりで赤鬼のことを知らなかったもんで、慌てて抗《あらが》っただけなんです」

「抗った？」

「ええ、そのときは背中に箱を背負ってたんです。出入りの小間物屋に、化粧道具を届ける使いで。したら、神田を出た辺りでいきなり赤鬼が出て来て、その荷物を寄越せって……」

「なるほど。それは驚きますね」

「ええ、で、咄嗟《とっさ》にふざけんじゃねえって言ったら、赤鬼のやつ、匕首《あいくち》を出して……あたしは腕を振り回したんですけど、ここを切られて。それ以来、向こう傷の佐吉、なんて言われたりもするんです」

吉松は額を指でなぞる。

「それは、災難でしたね」涼安は横目で傷跡を見る。

「赤鬼は宝来屋への妬《ねた》みやっかみでやっている、と聞きましたが、誰だか、見当はついたのですか」

吉松はその顔を小さく歪《ゆが》めた。と、横目を向けて、声を低くした。

「尻餅《しりもち》をついたときに、荷物がほどけて箱も転がったんです。蓋《ふた》が開いて、中の白粉《おしろい》やら紅やら筆やらが散らばって……したら、赤鬼は、それを踏んづけたんです。こうやって……」

吉松は足を上げて、勢いよく踏みつける。

ほう、と目を見張る涼安に吉松はさらに声を低くした。

「で、ざまあみやがれって、笑ったんです」

「ざまあ……」

繰り返す涼安に、吉松は頷く。

「これはお店《たな》の人らには言わなかったんですけど、その声がなんとも憎々しくて……あれは妬みというよりも……」

声が小さくなって、口が結ばれた。

涼安は思わず覗《のぞ》き込む。が、吉松は顔を背ける。

道の先には宝来屋が見えていた。

「ああ、いけない」

吉松が顔を上げる。

店では手代と小僧らが、雨戸を外している。

「行かないと」

そう言うと、吉松は頭を下げて、走り出した。

涼安はその背中を見送る。

妬みというよりも……。吉松の言葉を反芻《はんすう》しながら、眉間《みけん》が狭まっていった。

二

午後、宝来屋を出た涼安はゆっくりと神田の町を抜けた。

両国へ続く道を進んでいると、前の人々が、左右に割れるのが見えた。

そのあいだを男が走って来る。

や、と涼安は足を止める。

後ろを振り返りながら駆けて来るのは熊吉だった。

「待ちやがれ」

怒声とともに、男が追って来る。

涼安は思わず駆け寄った。

追っ手の男は首から入れ墨《ずみ》が見えている。

「熊吉」

そう呼ぶ涼安の方に、熊吉は走り込んで来た。

くるりと身を躱《かわ》すと、涼安の背中に隠れる。

「お助けを。お、追われて……」

追っ手は、前で足を止めた。

肩を揺らしながら涼安と向き合うと、ドスの利いた声を上げた。

「旦那《だんな》、そいつを渡してくだせえ」

「いや」涼安は両腕を張る。

「この者は知り合いゆえ、訳も聞かずに渡すわけにはいかぬ」

あん、と男は身を斜めにして熊吉を覗き込む。

「こいつはごろつきですぜ。そんなもんと知り合いだなんざ、嘘を言っちゃあいけねえな」

熊吉は涼安の背中で小さくなる。

袴の背板《はかませいた》をつかまれているのを感じながら、涼安は胸を張った。

「熊吉はわたしが手当てをしている病人だ」はったりだからこそ、声を大きくした。

「なにゆえに追っているのだ」

ふうん、と追っ手は鼻を鳴らす。

「まあ、仲間内の揉《も》め事ってやつでさ。やい、熊吉」

追っ手は懐《ふところ》から匕首を出した。その切っ先を、涼安の脇からひらひらと見せる。

涼安も刀に手をかけた。

「やるのであれば相手をいたす」鯉口《こいぐち》を切って、にっと笑ってみせる。

「腕がなまっていたから、ちょうどよい」

涼安は薬箱を地面に置くと、刀を抜きかけた。

「おおっと」と追っ手は、身を引いた。

片目を細めると、ちっと舌を打つ。

匕首を戻しながら、追っ手は首を伸ばして熊吉に言った。

「ふん、今日は勘弁してやらぁ。次はねえからな」

そう言うと、身を翻《ひるがえ》して走り出した。

背中から大きな溜息が漏れて、涼安は振り返った。

「何事だ」

へえ、と熊吉はおずおずと背中から離れる。

「ちぃと賭場《とば》で揉めやして……やつが八百長《やおちょう》をしたもんで、それを咎《とが》めたら逆恨みされて……」

首を縮める。

「賭場……」

言いながら、涼安は熊吉の右腕に目を向けた。袖《そで》が破れて、赤い傷が見えている。

「切られたのか」

腕をつかむと、熊吉は肩をすくめた。

「や、かすり傷でさ。それより先生……」熊吉は懐から巾着《きんちゃく》を取り出す。

「こいつを青山先生に渡しておくんなさい。ちいとばかし稼げたんで」

「なにを言う」涼安は左の腕を引っ張った。

「行くぞ、手当てをせねばならん」

「や、いいですって」

首を振る熊吉を、涼安は引っ張る。

「だめだ、刀傷は膿《う》むと大変なことになる。死ぬぞ」

その言葉に、熊吉は踏ん張っていた足から力を抜いた。

涼安は、熊吉の腕を引いて歩き出した。


「ほう、また来たのか」

熊吉の傷を見て、青山は苦笑した。

「さ、上がれ」

病人を診《み》る座敷へと招き入れる。

弟子らが集まって、すぐに手当てが始まった。

「すいやせん」熊吉は肩をすくめる。

「あのう、これもまたつけておいてくだせえ」

言いながら、懐から巾着を出す。

「これは前の分で」

ふむ、と青山は受け取って弟子へと渡す。

「わかった、帳面につけておく。今日の分もな」

青山は弟子に「まかせたぞ」と言うと立ち上がった。

「わしは薬研《やげん》の途中だ」

では、と涼安も続いた。

薬部屋に入ると、涼安は薬研車を手にした。

「わたしがやります」

「うむ、頼む」

青山は薬を包み始める。

手を動かしながら、涼安は師に目を向けた。数日前に桂から聞いた言葉が、耳の奥に引っかかっていた。

「先生は医学館をご存じですか」

ふむ、と青山も目を向ける。

「聞いてはいるぞ。行ったことはないがな。確か始まりは明和《めいわ》の初め頃じゃ、多《た》紀《き》法眼《ほうげん》という医者が私塾として開いたと聞いている」

「そうでしたか。明和の初めとなれば、百年あまり前ですね」

「そうなるかの。法眼は町場や諸国にも医術を広めようとしたらしく、町医者や奥医師や藩医の配下である身分の低い医者を集めたそうじゃ」

「へえ、多紀法眼という人は大したお方ですね」

「うむ。医術を教えるとともに、町人らの手当てもしてな、それゆえに御公儀から認められ、医学館と称するようになったそうだ。屋敷なども与えられてな」

「ああ、医学館はそこから続いているのですか」

「そうよ、だが、寛政《かんせい》のときに変わってな、町医者や身分の低い者は排されたそうだ」

「なにゆえですか。学びたい医者も病人も困ったでしょうに」

「ふむ。寛政のときに松平定信《まつだいらさだのぶ》侯が老中になったであろう。定信侯は血筋や身分を重んじるお人じゃったゆえに、医学館は奥医師など身分の高い医者の師弟のみが学べる場、と変えたそうじゃ。となれば、それまで行っていた町人の手当てもなし、となってな」

「なんと、もったいない……」

涼安が眉を寄せると、青山は頷いた。

「定信侯はまもなく失脚したものの、医学館はその後、衰退したという話じゃ」

「それはそうでしょうね。限られた者しか学べない、診てもらえない、となれば」

「うむ、じゃが、また盛り返した。天保《てんぽう》の老中水野《みずの》様のときに、誰が言い出したのかは知らんが、別会が作られたんじゃ。そこでまた町医者や身分の低い医者が学べるようになった、というわけよ。町人らも診てもらえることになって、御公儀から薬種《やくしゅ》代も下されることになってな、それが今に続いているんじゃ」

「なるほど」涼安は頷く。

「身分の縛りがないのはよいですね」

「うむ。うちから医学館に行った者もいるぞ」

「そうなのですか」

「ああ、町医者の倅《せがれ》でな。じゃが、逆に医学館から移ってきた者もいるわ。宗吾《そうご》がそうじゃ。どうにも合わなかったようでな」

「えっ」手を止めて、涼安は背筋を伸ばす。

「なんじゃ」青山はそのようすに目を見開いた。

「話を聞きたいか」

はい、と頷く涼安に、青山は顔を回して大声を上げた。

「宗吾、いるか」

はあい、と返事が上がって、台所から足音がやって来た。前垂れで手を拭きながら入って来る。

「なんじゃ、薬を煎《せん》じていたか」

師の問いに、はい、と頷きながら正座する。

涼安はすでに見知っていたが、改めて会釈《えしやく》をした。

「宗吾殿は医学館にいたそうですね」

「はい。一年ほど学びました。ですが……」首を縮める。

「あそこは皆さん、競い合う気持ちが強く、わたしのような者はなにかと小馬鹿にされて……」

ふうむ、と青山は目を細めた。

「そなたは気がやさしいからな、そういう者を見下す輩《やから》がいるものじゃ」

はあ、と肩をすくめる宗吾に、涼安は向いた。

「医学館に芳朴斎という町医者はいませんでしたか」

「ほうぼく……はい、おられました。あのお方は、わたしのような者にも親切でした。学びにも熱心で、娘さんを連れて来られたこともありましたね。医術を学ばせていると言って」

「娘を？」

「ええ。ですが、周りの皆が、ここは女の来るところではない、と言って、追い出してしまって……」

なんと、と涼安は唇を噛んだ。では、それがあの桂か……。

ふうむ、と青山は涼安を見た。

「知りたいことは聞けたか」

「あ、はい」

なれば、と青山は台所を示して、宗吾に顎《あご》をしゃくる。

「火がついているのだろう、戻るがよい」

はい、と宗吾は出て行く。

「そら」青山は涼安にも顎をしゃくった。

「そなたは薬研車じゃ」

「あ、はい」

涼安は車の取っ手をつかむと、力を込めてまた回し始めた。

三

昼の薬膳《やくぜん》を出して、涼安はおふくのようすを見守った。

「あら、これいいお味だこと」

おふくが牡蠣を嚙みながら、目を細める。

「葱と牡蠣の卵とじです」

涼安は微笑む。

まあ、と言いながら、おふくは器を空にしていく。

「それにこの浅蜊のおみおつけ。うちはずっと納豆汁ばかりだったから、これからは浅蜊も買うように言っておきます」

江戸では、朝、納豆売りが来るため、納豆汁を作る家が多い。葱と納豆を刻んで味噌で丸める、湯を注ぐだけで味噌汁になる簡便さが人気だ。

「納豆汁も身体によいのですが、浅蜊は身体を冷やすのでおふくさん、いえ、この家のお人にはよいですよ」

「まあ、聞いたかい」脇で控えているおまつに向く。

「これからは浅蜊をちょくちょく買っておくれ」

「はいな、そうしましょう」

おまつは立ち上がって、すでに出て行った主《あるじ》と若旦那の膳を片付け始める。

おふくは頬に手を当てた。

「近頃は、前みたいにつっぱらなくなりましたよ」

「ええ、張りと艶《つや》が出て来ましたね」

涼安は頷く。

「でも、おまつはもともと張りがあるってのに、どうしてあたしはカサつくのかしらねえ」

「そりゃ」おまつが振り向く。

「あたしゃ、肉がついてるからですよ」

頬をぱんと叩く。

苦笑しながら、涼安は見た。

「おまつさんは冷えやすいでしょう」

「ええ、冬なんて手足が冷えて……寒いのは苦手ですよ」

涼安はおまつとおふくを交互に見た。

「おふくさんは陽の気が強い。熱証《ねっしょう》という質です。逆におまつさんは陰の気が強い寒証《かんしょう》ですね。熱証の人は肌が乾きやすいのです」

「へえ」と頬を撫《な》でるおふくに、涼安が頷く。

「夏は洗濯物が乾きやすくなりますよね」

「ええ、暑いとすぐに乾くわねえ」

「はい、それと似たようなもので、熱が強い人は肌も乾きやすくなるのです。逆に、冷えやすい人は水気が留まるので、肌も潤《うるお》いを保つことができる、と。まあ、これはわたしの考えですが」

「へえ」

女二人は顔を見合わせる。

そういえば、と涼安はお夕を思い起こしていた。色が白く、肌も張りと艶があった。おそらく、寒証であろうな……。

「それじゃ」おふくが口を開いた。

「乾かないようにすればいいってことですか。糸瓜水《へちますい》を塗ったり椿油《つばきあぶら》を塗ったりして……」

「ああ、それはよいと思います」

「あらあ」おふくは身を反《そ》らす。

「それなら、早くに教えてくだされば。糸瓜水も椿油もうちには売るほど、いいえ、売ってるんだから……」

口惜《くや》しそうに身体を揺らす。

「すみません」涼安は首筋を掻《か》いた。

「そういう化粧のことは、とんとわからないもので……」

ははは、おまつの笑い声が起こった。

「そりゃ、しょうがないやね。男は糸瓜水も椿油もつけないだろうから」

笑いながら、膳を持って出ていく。

涼安は首を縮めた。食にばかり気を取られていたな、気をつけよう……。

おふくは苦笑を見せた。

「けど、いいことを教えてもらって。小間物屋でよかったわぁ……あ、そうだ」

おふくは身体をひねると、後ろに手を伸ばした。

「これ、お持ちくださいな」

筆を手にして差し出す。

涼安が受け取ると、おふくは肩をすくめる。

「竹にひびが入っちまってるんで、売り物にはならなくて。いえ、浅いひびだからちゃんと使えるんですよ。物もよくて、馬の胸毛を使ってるんです」

ほう、と涼安は筆先を見つめた。

「では、ありがたくちょうだいします」

筆を懐にしまう。

おふくは笑顔になって、残っていた膳にまた向き直った。


宝来屋を出て、涼安はいつもの帰途を歩き出した。

が、そうだ、と途中で足の向きを変えた。

湯島《ゆしま》の坂を上って、脇道へと入る。

そこに建つ小さな家の前で、涼安は声を上げた。

「こんにちは」

はあい、と声が戻って、すぐに戸が開いた。

「あら、兄様」

おうめが目を丸くした。

義妹のお信が兄様と呼ぶため、母であるおうめも、そう呼ぶようになっていた。

「こんにちは。岸辺《きしべ》殿はおられますか」

「はい、どうぞお入りを」

おうめは涼安を招き入れる。と、「旦那様」と呼びながら、座敷へと上がった。

「兄様がお見えですよ」

「おう、上がっていただけ」

岸辺藤十郎《とうじゅうろう》が奥から出て来た。

「さ、どうぞ、久しぶりですな」

はい、と涼安は上がり込んだ。

座敷には大きな文机《ふづくえ》が置いてあり、周りには紙が置かれている。

「仕事のお邪魔をして、申し訳ありません」

涼安は机を見ながら言う。

浪人の藤十郎は筆耕《ひっこう》を生業《なりわい》にしている。本を書写したり、手紙の代筆をしたり、店の看板なども引き受けている。おうめの父が営む料理茶屋で、献立《こんだて》を書いていたのが縁で二人は恋仲になったのだと、涼安は聞いていた。

「なあに」藤十郎は笑う。

「大した仕事ではない、赤表紙の写しを頼まれてな」

赤表紙は子供向けの本だ。

涼安は懐から筆を取り出した。

「赤表紙でも、一冊となれば大変なことかと……あの、これをお渡ししたく、参ったのです」

「お、筆か」

手を伸ばす藤十郎に、涼安は小さく肩を上げる。

「竹にひびが入った、というのでくれたのです。いま、小間物屋に出入りしているものですから」

「まあまあ」

おうめが湯飲みが載った盆を手にやって来た。湯気の立つ湯飲みを前に置くと、

「ありがとうございます」

深々と頭を下げた。

「いえ」涼安は首を振った。

「普段からおうめさんにもお信ちゃんにも世話になるばかりで……このような物で申し訳ないのですが」

「いや」藤十郎は筆の先を指でさする。

「これはよい筆だ、かたじけない」

目を細める藤十郎に、涼安はほっと肩の力を抜いた。

「小間物屋って」おうめも筆を見つめる。

「大丈夫なんですか、傷物にしたってそんないい物を」

「ええ、そこは問屋なんです。宝来屋という大店なので、傷物が出てもさほどの損にはならないようです」

「宝来屋」おうめが目を見開いた。

「ああ、赤鬼の……」

えっ、と涼安は身を乗り出す。

「赤鬼を知っているのですか」

「知っているっていうか、噂《うわさ》に聞いてますよ。奉公人が赤鬼に襲われるって」

へえ、と藤十郎は女房を見る。

「そうなのか」

「ええ、赤鬼の面を被《かぶ》った男が、往来で襲うんですって。あたしゃ見たことはないけど、そりゃあ、人目につくでしょう。ありゃあ、宝来屋に怨みを持つもんにちげえねえって、噂を聞きましたよ、湯屋で」

「怨み……」涼安は膝で前に進み出た。

「そう言われているんですか」

「はい。だって、襲うのは宝来屋の奉公人だけだし、赤鬼でしょ」

「そうか」藤十郎は手を打った。

「青鬼じゃないものな」

そう、と夫婦は顔を見交わして頷き合う。

「え、どういうことです」

戸惑う涼安に、おうめが向き直った。

「歌舞伎役者の隈《くまど》取りですよ。赤い隈取りは正義の味方、青い隈取りは悪役って決まってるんです」

「正義の……」

つぶやく涼安に、藤十郎が頷く。

「わざわざ赤い面を被るってことは、己《おのれ》の正義を訴えたいということでしょう。まあ、たまたま赤しかなかっただけかもしれないが」

ははは、と笑う。

いや、と涼安はうつむいた。なるほど、赤に思いを込めた、というのはありうる……。考えつつ、吉松の言葉を思い出した。

〈あれは妬みというよりも……〉

涼安は唇をぐっと引き締めた。

四

宝来屋を出た涼安は、湯屋で時を過ごし、夕刻に出た。

以前、吉松と歩いた神田通新石町に行くと、

「ごめんくだされ」と、声をかけた。

「孫六さん、涼安です」

呼びかけに、「おう」と声が戻って戸が開いた。

「こりゃ、先生。さっ、上がりを」

では、と涼安は座敷に上がった。吉松の姿はない。まだ、店から戻っていないのだろう。

「どうですか、調子は」

涼安の問いに、孫六は片頬だけで笑った。

「言われたことは守ってますぜ。けど、腹が減ってしょうがねえ」

涼安は目を細める。

「その甲斐《かい》あってお腹周りが細くなりましたね。神田明神にも行ってますか」

「へえ、昼飯の前に、毎日歩いてまさ」

「しまった」涼安は自分の額を叩いた。

「それを言うのを忘れていました。歩くのはご飯を食べたあとがよいのです」

「へっ、そうなんですかい」

「ええ、朝でも昼でもいいので、ご飯をすませたあとに歩いてください」

ふうん、と孫六は腕を組んだ。

「そうですかい。まあ、飯前だとますます腹が減っちまうんで、そのほうがいいかもしんねえな」

「はい、ぜひ」

涼安は頷いた顔を、戸口に回した。

「ただいま」戸を開けて吉松が入って来る。

「や、先生、来てたんですか」

「うむ、孫六さんの具合が気になり……と、吉松さんにも訊《き》きたいことがあって」

はあ、と吉松が座敷に上がると同時に、父が立ち上がった。

「そんなら、おれぁ湯屋に行ってくらあ」

手拭いを手に、出て行く。

「なんでしょう」

かしこまって向き合った吉松に、涼安が膝で寄った。

「宝来屋の赤鬼は怨みでやっているのではないか、という噂を聞きました。吉松さんもそう思っているのではないですか」

吉松は頰をひくりと動かして声を落とした。

「まあ……実は妬みじゃなくて怨みだろうと、あたしは思ってました。けど、それはちと剣呑《けんのん》なので、お店の人らには言えなくて……店の中では赤鬼のことには触れないってぇ気みたいなのもあるもんですから。それにみんな、怪我をしたあたしを気《き》遣《づか》ってやさしくしてくれたもんで、よけいなことは言わずにおきました」

「なるほど。吉松さんが襲われたのはいつのことだったんですか」

「宝来屋に入ってすぐですから、五年前でさ。あたしも親父について人形作りをやってみたんですけど、指先がどうにも不器用なもんで。そんなら奉公に出ろってことになったんです。で、宝来屋を口利きされて」

「そうでしたか。では、その頃にはすでに赤鬼が出没していたんですね」

「ええ、出始めた頃だったみたいですよ」

「ほう、誰だか、見当はつかなかったのでしょうか。そういう話は聞いてませんか」

「さあ。ともかく、妬まれてるんだってことしか聞かなかったんで。あたしは旦那様から直《じか》に言われたんですよ、すまなかったなって。うちは大店だから、羨《うらや》んで嫌がらせをする輩がいるんだって」

ふうむ、と涼安は腕を組んだ。主からそう言われてしまえば、納得するしかあるまい……。

吉松が上目になる。口をもごもごと動かしているのを、涼安はそっと見つめた。が、動かすだけで口を開こうとはしない。

涼安は腕をほどくと、面持《おもも》ちを弛《ゆる》めてみせた。

「主の庄右衛門さんは、あれだけの大店を回しているのだから、商売上手《じょうず》、ということなのでしょうね」

ううん、と吉松は小首をひねる。

「うまく回しているのは内儀《おかみ》さんでしょう。旦那様は小遣い稼ぎは上手みたいですけど、それも内儀さんの裏をかいて、というか……」

もごもごとなる吉松に、涼安は首を伸ばした。

「小遣い稼ぎですか。庄右衛門さんは、遊びが好きなようですね」

「ええ。そりゃもう。吉原にも通ってたし、深川の岡場所にもしょっちゅう上がって、いや、今でも行っているようですよ」

「ふうむ、お夕さんを身請《みう》けしたというのに、ですか」

「あ、ご存じなんですね。それとこれとは別、と言ってるみたいです。お座敷遊びが好きなんでしょう、あたしなんざ、上がったことがないのでわかりませんけど」

肩をすくめる吉松に、涼安も頷く。

「わたしもわかりません」

苦笑を交わす。

「あ、けど」吉松が真顔になった。

「あたしがこんな話をしたなんてのは……」

「ええ」涼安が頷く。

「ここだけの話、です」

微笑みながら、涼安は胸中で考えを巡らせていた。もっと内輪話を聞けそうだが、躊躇《ためら》いが見える、追々《おいおい》だな……。

「いや、話が聞けてよかった」

涼安は笑顔で腰を上げた。


翌日。

昼餉の膳でおふくがちらりと正面の庄右衛門を見た。すべて食べ終わって、ちょうど箸《はし》を置いたところだ。

おふくは、その目を涼安に移した。

「先生、旦那様を診てやってくださいませんか」

「え」と顔を上げると、庄右衛門も「ん」と顔を上げた。

「診るとは、どういうことだい」

夫の言葉に、おふくは肩を上げた。

「だって、近頃よく寝汗をかいているじゃありませんか」

「寝汗」涼安は腰を浮かせた。

「それは気になりますね」

庄右衛門の横へと移る。

「脈を診てみましょう」

いや、と庄右衛門は腕を後ろに隠す。

「大げさな」

「いえ」涼安は首を振る。

「漢方では寝汗は盗汗《とうかん》と言って、病や不調の兆《きざ》しとして捉えるのです。軽んじてはいけません」

さ、と涼安が手を差し出すと、しぶしぶと腕を出した。

手首に指を当て、涼安は黙り込む。

「ふむ、脈は大丈夫ですね。舌を見せてください」

えっ、と庄右衛門は身を引いた。

「ちょっと診るだけです。口を開けて」

涼安が腰を浮かせると、庄右衛門は顔をしかめながら舌を見せた。

「ふうむ、赤いですね」

腰を戻した涼安が、顔を覗き込む。

「目も赤味がありますね。寝汗はいつからですか」

む、と庄右衛門は眉を寄せる。と、横から声が上がった。

「五、六日前からですよ」おふくが顔を向けていた。

「脱いだ夜着《よぎ》の胸辺りが湿っぽくなってたんです」

「なるほど」

涼安はさらに庄右衛門の顔を見つめる。が、庄右衛門はそれを逸《そ》らしておふくに顔を向けた。

「大丈夫だと言っているだろう。あっちの……いや、外の飯が旨《うま》すぎて、食い過ぎただけだ」

うほん、と咳《せき》を払って、庄右衛門は立ち上がった。

そのまま廊下に出ると、足音を立てて店のほうへと去って行った。

おふくは小さく首をすくめる。

「すみませんね、強情っ張りなもんで」

「いえ」

涼安は苦笑を返して、庄右衛門の去って行った廊下を見た。あっち、というのはお夕さんの家、ということだろう……しかし、食べ過ぎとは……。

涼安は、桂の顔を思い起こしていた。

「ごちそうさまでした」

おふくはいつものように、器をきれいに空にした。

涼安は膳を台所に戻す。

片付けていると、外から末吉が入って来た。

「おまつさん、大根洗ったよ」

おまつの横へと持って行く。

「それじゃ、今度は牛蒡《ごぼう》を洗っとくれ」

笊を渡されて、また外へと出て行く。

涼安はそのあとを追った。

井戸端で牛蒡を洗う末吉に、涼安は寄って行った。

「水は冷たいだろう、偉いな」

へへんと、末吉は笑顔を向ける。

「馴《な》れたもんさ」

そうか、と涼安は横にしゃがんだ。

「末吉は、旦那さんからお夕さんの家に使いに出されているだろう」

えっ、と末吉が身を引く。

「なんで、知ってるんで……そっか、誰かに聞いたんですね。もう、みんな、口が軽いんだから」

尖《とが》らせる唇に、涼安は笑った。

「まあ、そういうことは知れるものだ」

「あ、けど、内儀《おかみ》さんには内緒ですよ、ほんとに」

「うむ、わかっている」涼安は微笑んで頷く。

「末坊が使いに出されるのは、旦那様が行くのを知らせるためであろう」

うん、と末吉は頷く。

「行く日が決まったら知らせるんだ。お夕さんは酒と御膳を用意しなけりゃならないからね」

知ったふうに胸を張って言う。

涼安は微笑んだ。

「ふむ、御膳は桂という女医者が作るのだろうな。末吉は知っているか」

「ええ、桂せんせですね。知ってますよぉ、いくどか料理をつまみ食いさせてもらったことだってあるし」

「ほう、そうか」

涼安はやはり、と得心した。と、同時にしかし、と思う。調子を崩すような物を出したということか……。

「ふむ、桂先生は変わりないか」

え、と末吉は首を振った。

「もういませんよ」

「いない、とは、どういうことだ」

んー、と末吉は濡れた手を振る。

「いなくなって、今は別の男の医者が来てるんです」

「男?」

「ええ、弟子を連れて二人で……一人のときもあるけど……」

「なんという名だっ」

腰を浮かせる涼安に、末吉は驚いて尻餅をつきそうになる。

「お、すまん」

腕を引っ張る涼安に、末吉は首を振った。

「名前なんか、聞いてません」

怯《おび》えを含んだ面持ちに、涼安は慌てて笑みを作った。

「そうか、いや、驚かせたな」

末吉は、子供らしく肩をすくめた。

立ち上がった涼安は、笑みを納めて眉を寄せた。

五

神田の辻《つじ》を曲がって、涼安はお夕の家の前に立った。

窓の前にゆっくりと移りながら、中のようすを窺《うかが》う。

中から男の声が聞こえてきて、涼安は窓辺に寄った。もしや、と耳を澄ませる。

「こりゃだめだ」若い男の声だ。

「そら、板が外れちまっている。引き出しごと組み直したほうがいいな」

聞いたことのない声に、涼安は耳を澄ませた。

「あらあ」お夕の声が上がった。

「だから開かなかったのね。こないだなんて、強く引っ張り過ぎて、簞笥《たんす》ごと傾いちまってさ」

きゃはは、と笑う。

「危ねえなあ」

男の声にも笑いが混じった。

「あとはこれかい」

別の男の声が、窓に近づいて来る。

「五市《ごいち》、おめえもこっち来な」

へい、と足音が鳴って、窓に寄って来る。

涼安は慌てて横に逸れた。

窓の障子が動く。

隙間から若い男の顔が見えた。

「ああ、こりゃ、桟《さん》が外れかけてまさ。外しましょう」

手が伸びて、障子が外される。

指物師《さしものし》か、と涼安はその場を離れる。

路地を抜けて、裏へと回る。

勝手口の近くに立ってまた耳を澄ませる。

中はしんとして人の気配はない。

涼安はそこも離れると、表の道へと戻って行った。

両国橋を渡って、涼安は本所の町へと入った。

以前、歩いた道を辿《たど》って行く。

ここだ……。芳朴斎と記された小さな札が、あのときのままかかっていた。

涼安は息を大きく吸い込むと、口を開いた。

「ごめんくだされ」

はい、という女の声が返ってくる。

唾《つば》を呑み込む涼安の前で、戸が開いた。

開けたのは桂だった。

え、と目を丸くする。

その口が、あなたは、と動くが、声にはなっていない。

「確か」とやっと声が出た。

「清河涼安、殿であったな」

「はい」涼安は姿勢を正す。

「すみません、いきなり」

桂は訝《いぶか》しげに眉を寄せる。と、その背後から声が上がった。

「お客人か、上がってもらいなさい」

男が姿を見せた。総髪に短く切った茶筅髷《ちゃせんまげ》は、医者の髪型だ。

「いえ」桂が振り向く。

「客人ではありません」

そう言うと、外に出て来て、後ろ手に戸をぴしゃりと閉めた。

涼安は、向き合うと、小さく頭を下げた。

「ちと、話をしたいのですが」

ふむ、と桂は顎を上げた。

「では、歩きながら」

つかつかと歩き出す。

隣に並んだ涼安は、そっと横目で窺った。

「お夕さんの家を辞められたと聞いたもので」

「さよう。お夕ちゃんから暇を出されたのだ」

素っ気ない物言いに、涼安は戸惑いつつ、口を開く。

「ええ、と。お夕さんとは、以前からのつき合いなのですか」

「うむ。三年前、深川に売られてきたときからのつき合いだ」

「売られて、とは……どこかの村から来たのですか」

「いや」桂は辻を曲がる。

「お夕ちゃんは神田の生まれだ」

涼安もそれに続きながら「えっ」と声を上げた。

「神田から売られた、ということですか」

「さよう」桂は顔をしかめて涼安を斜めに見上げる。

「珍しいことではない。江戸の娘でも吉原や岡場所に売られることはある。窮すれば娘を売る、というのはどこでも同じだ」

そんなことも知らないのか、と言いたげな眼差《まなざ》しに、涼安は言葉を詰まらせた。

桂は顔を正面に戻す。

「お夕ちゃんの親父さまは小間物屋をやっていたそうだ。が、なにやら上手《うま》くいかずに店を畳んだらしい」

「小間物屋……」

「ああ、大名家に出入りしていた店らしいがな、詳しいことはわからぬ。だが、大きな借金を抱えることになって、さらにもともと病がちだったおっかさまが寝込んだという話だ。その薬代も要りようになったのだろう、お夕ちゃん身売りをすることになった、という次第らしい」

桂はまっすぐ前を見つめている。道の先には、回向院《えこういん》の本堂が見えていた。公儀が立てた大寺院だ。

ううむ、と涼安は言葉を探して唸《うな》る。

「最初は」桂が言葉を続けた。

「子供屋の隅で泣いてばかりいた」

「子供屋？」

「うむ、深川では遊女を子供と呼ぶのだ。ゆえに置屋は子供屋、となる」

「そうなのですか。では、桂殿はそこに呼ばれて行ったのですか」

「さよう。もともとは父が行っていたのだ。わたしは弟子としてついて行ったのだが、娘らは女医者がいい、というのでわたしが診るようになった。わたしもその頃から、独り立ちしたゆえ」

つんと顎を上げる。

「そうでしたか」

涼安のつぶやきに、桂はふと声音《こわね》を下げた。

「だが、お夕ちゃんは半年ほどで変わった。おっかさまが亡くなったと知って、腹を括《くく》ったらしい。夕波という名をもらって、店に出るようになったのだ。で、そのうちに宝来屋の主に気に入られ、身請けされることになった、という次第だ」

「なるほど。で、妾《めかけ》となったお夕さんが、桂殿に薬膳を頼んだというわけですね」

「さよう。旦那様に捨てられないようきれいでいたい、と言うてな」

頷く桂の横顔を、涼安はそっと見た。

「で、その旦那様にも御膳を出されたのですよね」

「うむ。旦那様の御膳を作ってほしいと言われたのでな。作るのであれば身体に合う物にしようと、あの主の脈や舌も診て、薬膳を作ったのだ」

「そうでしたか」

涼安は頷く。

桂はすたすたと回向院の境内《けいだい》へと入っていく。

本堂の横には、広い墓所もあって、参拝らしい人影も見える。

涼安は一歩、後ろを歩きながら、言おうかどうしようか、と迷っていた。

「実は」そっと口を開いた。

「お夕さんの所に、男の医者が来ているようなのですが、知っておられますか」

桂の足が止まる。

くるりと振り向くと、その顔が小さく歪んだ。

「知っている」

顔を戻すと、またすたすたと歩き出した。

「お夕ちゃんは……冷えやすい寒証なので、暇を出されたあと心配になって見に行ったのだ。生薬《しょうやく》を持ってな」

涼安は慌ててそのあとに続いた。

「そうだったのですか」

ああ、と声がくぐもる。

「わたしは、払いがきつくなったゆえ、暇を出されたと思ったのだ。宝来屋の主は、財布の紐《ひも》が固いらしくて、お夕ちゃんが人参を試したいと言ったら、そんな金はないと怒り出したそうだ」

ふっと、苦く笑って、空を見上げた。

「だから、わたしへの払いも厳しくなったのだろう、と思っていた。が、違った。家に行ってみたら、見知らぬ医者が来ていたのだ。わたしはお払い箱にされた、ということがわかったわ」

　肩をすくめて、冷えた笑いを漏らす。

「その医者は……」涼安は横に並んだ。

「どのような人でしたか」

　どのような、とつぶやいて、桂は顔を涼安に向けた。

「勝手口からそっと窺っただけゆえ、姿はほとんど見ていない。だが、二人いた。

若いほうは弟子だろう」

　涼安はそっと息を呑んだ。もしや……。

　桂は「そういえば」とつぶやく。

「玄斎《げんさい》先生、と呼びかけていたな」

「玄斎」

　涼安は声を上げる。

　驚いて、桂が振り返る。

「知っているのか」

　涼安は顔を強張《こわば》らせた。

「鬼ノ倉《きのくら》玄斎……弟子の名は香原宋源《こうばらそうげん》」

独りごちるようにつぶやく。

桂は訝しげな顔で、涼安を見上げた。

「薬膳師か」

ええ、と涼安は目顔で頷く。

「ですが、我らとは違います」

「違う、とは……」

桂の眉が寄る。

涼安は顔を小さく横に振った。

「桂殿はお払い箱になったのではなく……」

涼安は唇を結んだ。

桂は続きを促すように、向き直った。

が、涼安は後ろに下がる。

「すみません、これで」

そう言うと、身を翻した。

桂の声が背中に聞こえた。

が、振り返ることなく、涼安は両国橋へと走った。

橋を渡りながら、涼安の頭には青山の顔が浮かんでいた。

言おうか、と迷う。いや、まだこの目で確かめたわけではない……。そう思い直して、拳《こぶし》を握った。

第四章　因果の糸車

一

朝、宝来屋の台所で包丁を手にした涼安は、その顔を上げた。

廊下からおふくが入って来る。

「おはようございます」

互いの声が重なった。

「先生」と、おふくが下駄を履《は》いて、土間に下りて来る。

そっと横に並ぶと、小声でささやいた。

「うちの人の分も作ってくださいませんか」

「え……それはかまいませんが」

顔を向けた涼安に、おふくは小さく微笑《ほほえ》む。

「よかった。あたしも算盤《そろばん》を弾いてますけど、店の主《あるじ》はあの人ですからねえ。寄り合いに出たりしても、あたしじゃ相手にされないんです。倅《せがれ》はまだ年若で見下されるし。なもので、まだまだ元気でいてもらわないと困るんですよ」

「なるほど。では、庄右衛門さんの薬膳《やくぜん》も作りましょう」

頷《うなず》きながら、腹の底でつぶやいた。好都合だ……庄右衛門の具合が悪くなったのが、もし、玄斎らの薬膳のせいだとしたら、それに抗することができる……。

「それに」おふくが独り言のようにつぶやく。

「あっちの家で倒れられたりでもしたら、世間体が悪いったら」

えっ、と涼安は目を見開いた。

「あっちとは……知っていたのですか、お夕さんのことを」

あら、とおふくは顔を歪《ゆが》めた。

「先生も？　そうか、誰かに聞いたんですね。店の者はみんな知ってるみたいだし、バレてないと思ってるのはあの人だけですよ」

ほほほ、と笑う。が、すぐに真顔になった。

「そういう噂《うわさ》はね、誰かがご注進しに来るんですよ。どこかの旦那《だんな》が若い女を囲ったなんて、人から見たら面白い話ですからね。あたしゃ聞いたときにはびっくりしたけど、とうに知ってた振りをしましたよ。口惜《くや》しいから」

涼安は黙って頷く。

おふくは、ふっと顔を歪めて笑った。

「自分のしたことは自分に返ってくるんだって、そのときにわかりましたよ。あたしも似たような噂を聞いて、笑って人に言いふらしたことがあったから」

涼安は言葉が見つからないまま聞いていた。

「そういうもんさ」

背後から声が上がった。

竈《かまど》の前に立つおまつが、いつの間にか振り返っていた。

おまつは肩をすくめながらやって来る。

「誰だって、人の不幸は面白がるもんですよ。まさか、自分も同じ目に遭《あ》うなんざ、思いやしませんからね」

「ほんと、そう」おふくは笑いを吹き出した。

「因果は巡る糸車ってやつだわ」

うんうん、と女らは笑い合う。

涼安は笑うこともできずに、見つめていた。その困ったような面持《おもも》ちに、おふくは顔を向けた。

「やきもちなんかじゃないんですよ。あたしゃ、もううちの人には愛想が尽きてるんだ。けど、さんざん世話をしてきた女房をほっぽって、若い女に入れあげてるなんざ、物笑いの種だ。それが我慢できないんですよ」

涼安は目を見開いた。なるほど、そういう気持ちだったのか……。

「そうそう」おまつが頷く。

「世の男らは、平気で古女房を婆さんなんて呼んだりするからね。おふざけでないって話ですよ」

「ああ」とおふくは胸を張った。

「浮気されたからってしょぼくれてたまるかい。きれいにして、堂々と表を歩いてやるんだ」

うん、とおまつが手を合わせる。

「その意気その意気」

涼安はやっと笑顔を見せることができた。

「わかりました。では、わたしも腕によりをかけましょう」

腕まくりをする涼安に、おまつが言う。

「頼みますよ、内儀《おかみ》さんをきれいにしておくんなさいよ」

ええ、と涼安は二人に笑顔を向けた。

「そして、庄右衛門さんにも元気でいてもらう、と」

そうそう、とおふくは手を擦《こす》り合わせた。


昼過ぎ。

宝来屋を出た涼安は、お夕の家へと向かった。

勝手口に回り、中のようすを窺《うかが》う。

と、すぐに戸が開いて男が現れた。鬼ノ倉玄斎だ。

唾《つば》を飲み込んで、涼安は足を踏み出した。

「玄斎殿」

む、と玄斎は眉を寄せる。

「ああ、どちらさんかと思うたら、青山はんのお弟子はんか」

ゆっくりと歩いて来る玄斎に、涼安も寄った。

「清河涼安です」その顔を巡らせる。

「宋源は来ていないのですか」

　ふむ、と玄斎は路地を歩き出す。

「今日は、薬種屋《やくしゅや》に使いに出しましたよって」

「そうですか」

　と、並んだ涼安を、玄斎は横目で見る。

「あんさんは、ここの旦那の家に行ってはるそうですな。で、探りに来た、いうわけですかいな」

「はい。玄斎殿と宋源がこちらで薬膳を作っていると聞いたものですから。庄右衛門さんにも出しておられるのでしょうか」

「庄右衛門……ああ、旦那はんのことやな。へえ、出してますわ。お夕はんにも旦那はんにも」

「それは……庄右衛門さんのほうには、どのような薬膳を出されているのですか」

　首を伸ばして覗《のぞ》き込む涼安に、玄斎はふっと口元を歪めた。

「そないなこと、言えますかいな。病のことや頼み事は他人《ひと》に言うてはいかん。そうお師匠はんから、教わらはったんとちゃいますか」

　ぐっと、涼安は喉を締めた。

「そうです。が、庄右衛門さんの具合が近頃、よくないものですから」

「ほうほう」玄斎は口元を歪めて笑う。

「それでわしを疑《うたご》うてはる、ちゅうことですかいな」

ほっほっ、と笑い声を漏らす。

笑いを浮かべたまま、玄斎は表の道へと出た。

「そら、ご苦労なことでしたな」

玄斎は涼安の顔を見た。

涼安は言葉を探しつつ、拳《こぶし》を握る。

玄斎はにやりと片目を細めると、

「ほな、ここで。さいなら」

と、背を向けた。ゆっくりとした足取りで、行き交う人波のなかに消えて行く。

涼安は足の向きを変え、走り出した。

辻《つじ》を曲がって神田松田町に入ると、青山の家へと駆け続ける。

「先生」

家に飛び込むと、廊下を駆けた。

「なんじゃ」

薬部屋から顔を出した青山に、涼安は駆け寄った。

「鬼ノ倉玄斎に会いました」

ほう、と青山は眉を動かす。

「まだ京に戻っておらなんだか」

「はい、宋源とともに、ある家に行っているのです。わたしが通っている宝来屋の主の妾宅《しょうたく》で……」

「妾宅。では、その妾《めかけ》が呼んだのか」

「ええ、前には別の女医者が薬膳を作っていたのです。その人が暇を出されて、代わりに玄斎と宋源が呼ばれたようなのです」

「ふうむ。では、より腕のよい玄斎殿の噂を聞いて、代えたのではないか」

顎《あご》を撫《な》でる青山に、涼安は「しかし」と拳を握る。

「あのお方は、人を害する薬膳を平気で……」

ふむ、と青山は眉間《みけん》を狭めた。

「確かに、それも作るが、そればかりでもない。求めに応じて、まともな薬膳も作るのだ。腕がよいゆえに、京でもよく効くと評判であった」

「そうなのですか」

「うむ、堺《さかい》や大坂《おおさか》などからも呼ばれていたわ」

涼安はうつむく。が、しかし、と顔を上げた。

「そこで薬膳を出されている主が、具合を悪くしているのです」

「ほう。それで疑念を持ったのだな。その主、妾に怨まれておるのか」

あ、と涼安は口を結び、ゆっくりと開いた。

「そのあたりのことは、まだわかっていません」

「まあ、妾となれば、金で買われたようなものかもしれん。旦那にさほどの情がないとしても不思議はないが」

「あ、そうです」涼安は身を乗り出した。

「その女人《によにん》は、遊女から身請《みう》けされたそうです」

「ふうむ、よくある話じゃな。それで疑念が生まれたか。じゃが、そこまでするかのう。旦那がいなくなれば困るのはその女人であろう。そもそも、玄斎を雇うとなれば、安くはないぞ」

青山の言葉に、涼安は喉を詰まらせた。頭の中では、数ヶ月前の出来事が甦《よみがえ》っていた。さる大名家の殿様のために、涼安は薬膳を作りに行っていた。そこでは世継ぎを巡った対立があり、幼い男児がその座を期待されていた。が、その男児の具合が悪くなったため、調べると、玄斎と弟子の宋源が動いていた。男児を亡き者としたい人々が、二人に身体を害する薬膳を作らせていたのだ。

涼安はそれを阻止したものの、悪びれることのなかった玄斎と宋源に慄然《りつぜん》とし、それが胸の奥に澱《おり》のように残っていた。

その澱を思い出しながら、涼安は頷いた。

「確かに……わたしの考え過ぎ、と言われればそれまでですが」

青山は小さく首をひねった。

「して、宋源はなんと言うていた」

宋源もかつては青山の弟子だった。辞して京に行き、玄斎の弟子となっていたのだ。

「まだ会っていません」

「ふむ、なれば、そう慌てずに、宋源とも話してみるがよかろう」

青山の穏やかな声に、涼安はふっと息を吐いた。

「そうですね。そうします。すみません、騒ぎ立てて」

頭を下げる涼安に、青山は笑みを見せた。

「まあよい。ついでに手伝っていけ」

はい、と涼安も笑みを返した。

二

宝来屋の台所で、涼安は昼の片付けをすませていた。

と、後ろから末吉が近づいて来た。

「先生、お客さんですよ」

「客？」

うん、と末吉は勝手口を指さす。

「ありがとう」

涼安は笑顔を返すと、戸口に向かった。誰だ、宋源か……。

戸口を出ると、えっ、と涼安は声を上げた。

立っていたのは桂だった。

「こんにちは」

小さく会釈《えしやく》をすると、桂はつかつかと寄って来た。

「先日の話の続きをしたく思い、参ったのだが。よいか」

まっすぐに見上げる顔に、涼安は「はい」と頷いた。

「ええ、と。では、歩きましょう」

表の道へと誘って、さて、と方向を変えた。

「あちらに」

大川のほうへと、歩き出すと、桂もその横についた。

「清河殿、と呼んでよろしいか」

「はい、涼安でもかまいません。皆、そう呼ぶので」

「さようか。なれば、涼安殿、わたしのことも桂でかまわぬ。芳朴斎は父のほうの通り名になっているゆえ」

はあ、と涼安は横目で見る。

これまでと同じく、身のこなしも口調も男のようだ。

「して」桂が顔を向けてきた。

「あの折に言うていた鬼ノ倉玄斎という者、我らと違う、と言うていたな。いやまず、我ら、と言うたが、それはそこもととわたしのことか」

「ええ」と涼安も顔を見返す。

「桂殿もまっとうな薬膳師とお見受けしたので」

「ふむ、では、鬼ノ倉玄斎という者は、まっとうではない、ということか」

桂の問いに、涼安は顔を前に戻した。

「その……相手の頼みによっては、害をなす薬膳を作ることもあるのです」

「害とな？　どういうことか」

桂は身を乗り出して、涼安を見つめる。

涼安は言葉を探りながら、口を動かしていた。が、なかなか声にならない。

「ここだけの話ですが……たとえば、とある人があるお方を邪魔だと考えているとします。で、とある人が、邪魔なお方の身体を悪くするような薬膳を出してくれ、と頼むとします。すると、頼まれた者はそれに応じて……」

「なんと」桂が言葉を遮《さえぎ》った。

「そのようなことがあるものか」

涼安の前に進み出ると、眉を吊り上げた。

「いえ」涼安は低い声で言った。

「わたしも初めは驚きましたが、世の中にはそのようなことを頼む人がいるのです。さらに引き受ける人もいる、というわけです」

「なんと」

桂は声を震わせる。

涼安は顔を歪めると、小さく笑って桂を見た。

「桂殿は、世の濁《にご》りに染まっておらぬようですね」

むっと、桂は口を尖《とが》らせた。

「それが鬼ノ倉玄斎、という者なのか」

ええ、と涼安は頷いた。

「京で医者をやっていた人で薬膳も作るようになったそうです。実はわたしの師が、京で医術を学んでいたときに知り合ったお人だったのです。弟子の香原宋源はわたしと同じく江戸で師に学んでいたのですが、いろいろとあったせいで考えを変え、鬼ノ倉玄斎の弟子になってしまったのです」

むう、と桂が唸《うな》った。

「では、わたしに暇を出してその二人を入れたのは、お夕ちゃんになにやら考えがあってのこと、ということか」

「おそらく」涼安も首を伸ばして桂を覗き込んだ。

「わたしもお尋《たず》ねしたかったのです。お夕さんは、庄右衛門さんを怨んでいるのでしょうか。そのような話を、聞いたことはありませんか」

むうう、と桂の唸りが長くなった。

うつむきがちに、腕を組んで歩き始める。

「怨んでいるかどうか、はわたしにはわからない。怨みごとを聞いたという覚えもない。なれど……」

「なれど？」

涼安の問いに、桂は顔を上げた。

「お夕ちゃんには好いた男がいる」

えっ、と涼安は目を丸くした。

「誰です、それは。庄右衛門さんではない、ということですか」

桂は、横目を向けてふっと笑った。

「涼安殿も、ずいぶんと清らかなようだな。お夕ちゃんとあの主は、親子以上に年が離れているのだ。恋心を持て、というほうが無理であろう」

涼安はばつの悪さを隠すように、顔を背けた。

「では、若い男ということですか」

「うむ。家に何度か指物師《さしものし》が来ていたのだ。その弟子のほうと、お夕ちゃんはずいぶんと心易《こころやす》くしていた。慕《した》い合っているのは、見て取れたわ。となれば、旦那様は邪魔者となろう」
　あ、と涼安は障子を外していた指物師を思い出した。
「五市、ですか」
「ほう、知っておられたか。来ると、お夕ちゃんが楽しげに話をするのでどうい
う仲か、と訊《き》いたのだ。すると、幼馴染《おさななじ》みだと教えてくれた」
「幼馴染み……わたしもお夕さんの家で、たまたま見かけただけですが。確かに
軽口をきいて笑い合っていましたね」
「ああ、深川の町で、家がすぐ近くだったらしい」
「深川……あ、では、父親の小間物屋もそこでやっていたのでしょうか」
　うむ、と桂は頷く。
「そう言っていたな。深川は大名の下屋敷が多いから、出入りのお屋敷もあって、
小間物屋は繁盛《はんじょう》していたらしい。親父さまがやっていたのは鶴屋《つるや》という店で、門《もん》
前町《ぜんちょう》では顔も広かったそうだ。その伝手《つて》があったゆえに、子供屋に身を売ったの
だろう」
「なるほど」涼安はお夕の色白の肌を思い出した。
「では、お夕さんはなに不自由なく暮らしていたのでしょうね」

「であろうな。ゆえに身売りなどすれば、泣き暮らすのも無理はない」

ふうむ、と涼安は眉を寄せた。

「そのような店が、なにゆえに畳むようなことになったのでしょうね」

「さあな」桂は肩をすくめた。

「そこまでは知らぬ」

「では、親父さまは店をやめてどうしているのでしょう」

涼安は小間物屋、という言葉が引っかかっていた。

「それも知らぬ。お夕ちゃんが話さぬゆえ、尋ねたこともない」

桂は立ち止まった。

「だが、わたしはお夕ちゃんのおっかさまには一度、会ったことがある」

「えっ、そうなのですか」

涼安も足を止めて、「うむ」と頷く桂の横顔を見た。

「子供屋を訪れていた折、窓の下から大声でお夕と呼ぶ声がしたのだ。いくどもな。で、お夕ちゃんは二階から下へと駆け下りた。おっかさん、と叫び返しながら」

「母御《ははご》が訪ねて行ったのですね」

「さよう。娘が身売りされれば、おっかさまとしては身を切られるような思いであろう。たまらずに、やって来たに違いない。わたしは、階段を下りるお夕ちゃんのあとを追ったのだ」

「母娘《おやこ》は会えたのですか」

「いや。売られた娘は、たとえ親でも会わせてなどもらえぬ。いや、むしろ親だからこそ、会わせぬものだ。里心がついては困るゆえな。だが、下りると、おっかさまは、土間に入り込んでいた。お夕、と叫びながら」

その言葉に、涼安はそっと唾を飲み込んだ。桂は顔を歪めて、言葉をつないだ。

「お夕ちゃんとわたしが駆けつけたときには、すでに男衆に押さえ付けられていたわ。それでも、娘の名を呼ぶ母御を、若い者らは殴る蹴るを始めて……おっかさまはすでに病を得ていたのだろう、細い手足が顕《あら》わになっていた」

「なんと、非道なことを」

涼安の言葉に、桂が頷く。

「まったく。それを止めようとしたお夕ちゃんは、羽交《はが》い締《じ》めにされて、見ているしかできなかった。おっかさん、と呼ぶ声が泣き声に変わっていたが……」

桂が拳を握って、顔を涼安に向けた。

「むろん、わたしは止めに入った。男衆は聞かなかったが、わたしが上げた大声が響いて、置屋の主が出て来た。主が血まみれになったおっかさまの顔を見て、さすがに止めたのだ。だが、おっかさまは外に放り出され、お夕ちゃんは部屋に戻されて、終《しま》いだった」

「なんという……」

涼安も拳を握った。お夕の顔が脳裏に浮かんでくる。いったい、どのような思いで、その状景を見ていたことか……。

ふうっと桂が溜息《ためいき》を吐いた。

「それから、ひと月ほどあとであった。おっかさまが亡くなった、という知らせを耳にしたのは。病もあったろうが、あの折の怪我も命を縮めたに違いない。そうわたしは思うている」

「なんと」と。涼安は掠《かす》れた声を出した。

「母御のそのような姿を見せられて、お夕さんはどれほどつらかったことか」

「うむ」桂の顔が歪んだ。

「他人のわたしでさえ、憤《いきどお》りで腹の底が熱くなった。お夕ちゃんはいかほどであったか。思い出すと今でもいたたまれなくなる」

道の先に大川が見えていた。

河口に近いため、川幅が広い。川面《かわも》には、大小の舟が行き交っている。

桂は大きな息を吐いて、川を見渡した。と、身体を回して涼安と向き合った。

「知りたかったことはわかった。礼を申す」

「いえ、わたしもいろいろと聞けて……」

「しかし」桂が眉を寄せた。

「人に害をなす薬膳を作るなど、許せぬ」

桂は拳を握って振り上げる。

「食医《しょくい》は医者のなかでも最も優れた者、と言われているというに」

「ええっ」涼安は眼をくるくると動かした。

「そう、そうです。わたしもそれを目指しているのです。医者には食医、疾医《しつい》、傷医《しょうい》があり、もっとも優れた医者が食医である、と」

「ほう」桂も目を見開く。

「『周礼《しゅうれい》』をご存じか。良医は食で病を防ぐ、と」

「はい、師から教わりました。二千年も前の周の医学書にそう書いてある、と。桂殿は、お父上からですか」

「さよう」胸を張って目を細める。

「まさか、意を同じくするお人がいるとは」

ええ、と涼安も目を細めた。

目が合って、互いが戸惑う。

桂はすぐに顔を逸《そ》らすと、咳《せき》を一つ払った。

「ああ、いや」その顔を上流に向ける。

「では、わたしは両国橋に戻るゆえ……」

そう言って歩き出した。

「はい、また」

涼安がそう言葉を投げかけると、桂は前を向いたまま首を振ったように見えた。

見送って、涼安は川に架かる橋に目を向けた。

長く弧を描く永代橋《えいたいばし》が、すぐ近くに見える。

橋の向こうは、深川の町に通じていた。

永代橋を渡って、涼安は深川の町へと入った。

江戸で一番の八幡様と言われる富岡八幡宮《とみおかはちまんぐう》と大きな堂宇《どうう》の永代寺があり、いつでも多くの参拝客が行き交っている。

人が集まるため遊びの客も多く、置屋や茶屋がいくつもある。吉原に次ぐ盛り場として知られていた。

涼安は人混みを縫いながら、周囲を見回した。

ここが、門前町か……。さまざまな店が並び、茶屋からは、三味線《しゃみせん》や太鼓《たいこ》の音が聞こえてくる。

涼安は一軒の店を覗き込んだ。笛や三味線、太鼓などが並べられている。

店の手代が出て来て、笑顔を振りまいた。

「いらっしゃいまし。なにかお探しで」

「いや」涼安は慌てて手を上げつつ、周囲を目で示した。

「この辺りに鶴屋という小間物屋があったはずなのだが」

「ああ、それなら」手代は道に出て来て、指で右の並びを示した。

「三軒目がそうだったんですよ。今は、本屋になってますけど」

「本屋」涼安はそちらを見た目を、すぐに手代に戻した。

「鶴屋の主は知っていようか」

へえ、と手代は頷く。

「吉兵衛《きちべえ》さんですね。うちも古いんでつき合いがありましたから」

「そうか。今は、どうしているか、それも知っているか」

ああ、と手代は顔をしかめた。

「店を畳んでから外神田の長屋に移ったって聞いてますよ。そっからわざわざこっちの賭場《とば》に通ってるって、噂で聞きましたけど」

「賭場……」

「ええ」手代が声をひそめる。

「深川や本所は大名家の下屋敷がたくさんありますんで、その中間部屋《ちゅうげんべや》が賭場になってたりするんですよ」

手代は話しながら、ゆっくりと後ろに下がる。

「ま、吉兵衛さんが出入りしてるのを見たわけじゃない。噂ですけどね」

そう言うと、背中を向けて奥へと戻って行った。

ふうむ、と涼安は歩き出す。

門前のにぎやかな町を離れ、静かな道へと入る。

長い塀が続く大名屋敷が見えてきた。

中間部屋で博打《ばくち》が開かれているというのは、町でも知られていた。大名屋敷は町奉行所の手が及ばないため、穴場になっているのだ。

塀沿いに歩きながら、涼安は耳を澄ませた。が、高い塀の向こうからは、なにも聞こえてはこない。

帰るか、と踵《きびす》を返した涼安は、あっと目を見開いた。

向こうからやって来る男も、あっと口を開けた。

「こりゃ、先生」

「熊吉ではないか」

涼安は寄って行く。そういえば、と思い出していた。賭場の男に追われていたことがあったな……。

熊吉は横に逸れると、両手を合わせた。

「こんな所で会うとは……すいません、急ぎますんで」

頭を下げると、熊吉は走り出した。

見る間に小さくなる背中を、涼安は振り返って見送った。

三

昼過ぎ。

宝来屋を出て、涼安は急ぎ足でお夕の家へと向かった。

勝手口に回ると、そっと戸口に寄る。中から物音が聞こえ、人が動く気配が伝わって来た。

涼安は戸に手をかけて、少し、引いた。

台所の土間に立っている男の姿が見えた。

「宋源」

戸をさらに引いて、涼安は声をかけた。

顔を向けた宋源は、驚くようすも見せずにふっと歪んだ笑いを見せた。

つかつかと寄って来ると、大きく戸を開けた。

「来ると思っていたわ、涼安」

戸口に胸を張って立つ。

涼安はその背後に目を向けた。

宋源はそれに気づいて、笑いを深めた。

「玄斎先生は今日は来ておられぬ。ちょっと待っていろ」

そう言って台所に戻ると、宋源は片付けをすませて戻って来た。

「わたしも出る。話がしたいのだろう」

「うむ」

二人は並んで、道を歩き出した。

宋源は歪んだ笑いを涼安に向けた。

「宝来屋の主は具合が悪くなったそうだな」

「ああ。わたしが薬膳を出して、よくなりつつあるが」

「ふん。互いの手間が無駄になるだけだ」

宋源は鼻に皺《しわ》を寄せて、前を向く。

涼安はそっと息を吐いて、宋源を見つめた。

「庄右衛門さんになにを出しているのだ」

「大した物ではない。あの主は熱証ゆえ、唐辛子《とうがらし》や生姜《しょうが》、わさびなどを使っている。当人は旨《うま》い旨いと喜んでいるぞ」

小さく鼻で笑う宋源に、涼安は溜息を吐いた。

「お夕さんはなんと言って頼んだのだ」

涼安の言葉に宋源は顔を向けた。

「お夕さんを知っているのか」

「うむ」涼安は大きく頷いた。

「家で話したこともある。前に薬膳を作っていた女医者からも、いろいろと聞いてはいるのだ」

半分ははったりだ。身売りや母親のことは聞いたが、その背景はわからない。宝来屋とどのような関わりがあったのか……。涼安は腹の底でそう思いつつも、さも知ったふうな面持ちを宋源に向けた。よし、カマをかけよう……。

「お夕さんは、ずいぶんとつらい思いをしたようだな。それゆえ、玄斎殿を訪ねたのであろう。思いあまってのことに違いない。母御のことなど、実に気の毒だ」

宋源は「ああ」と目顔で頷いた。

「それを知っていたのか。なれば、言うてもかまうまい。身請けをしてくれた旦那に怨みがある、という話であった」

「怨み？」涼安は前に進み出て、顔を覗き込んだ。

「真《まこと》にそう言ったのか」

宋源は顔を歪ませた。

「あの怨みは、深いな。仕返しせずにはおれまいよ」

涼安はぐっと喉を詰まらせた。宋源も深い怨みを抱き続けている、ということを思い出していた。

それはずっと以前、宋源から聞いた話だった。

ある藩の医者であった宋源の父は、奥医師から濡《ぬ》れ衣《ぎぬ》を着せられ、切腹に追い込まれたのだ、と宋源は語った。さらに、その後、母と妹も不遇の死を遂げた、という。濡れ衣を着せた奥医師を怨み、いつか仇討《あだう》ちを果たす、と言っていた宋源の言葉が、耳に甦った。

その怨みが、宋源を闇の道へと向かわせたのだろう、と涼安は胸の奥で思う。と同時に、自らの苦い日々も甦り、地面を見つめた。

徒士であった父は、上役に罪をなすりつけられ、お役御免に追い込まれた。さらにその上役の口利きで、姉はさる旗本の妾にされ、罪もないのに命を奪われたのだ。そのときの怒りは、今も腹の底に塊《かたまり》となってある。しかし……と、涼安は顔を上げた。怒りに捕らわれ、道を外すことだけはすまい、と拳を握った。

涼安は宋源に横目を向けた。

「深い、とは、お夕さんはどのような怨みだと言っていたのだ」

宋源はつい、と顔を上げた。

「お夕さんは毒を盛ってもかまわないと言っていた。それほど、ということだ」

「毒」涼安は思わず声を上げた。

「毒を使うつもりか」

「いや」宋源は苦笑を向けた。

「そこまですることはない、と玄斎先生も仰《おお》せであった」

そうか、と涼安は息を吐いた。しかし……と考え込む。庄右衛門さんをそこまで怨んでいる、ということなのか……。

涼安は宋源の横顔を見た。

「玄斎先生に薬膳を頼んだのは、お夕さんなのか。どこで知ったのだろうか」

いや、と宋源は首を振る。

「頼みに来たのはお夕さんの父親だ」

「父親？　吉兵衛というお人か」

「ああ、そのような名を言うていたな。なにやら人づてに聞いた、と言ってやって来たのだ。で、前金をぽんと出したので、引き受けた。で、後日、お夕さんの家に案内されたのだ」

なんと……。涼安は唇を噛んだ。

「では、依頼主はその父親か」

「いや、お夕さんも父親と並んで手をついた。怨みがあるので成敗《せいばい》したい、と言ってな。そこで怨みの訳を聞いたのだ」

「成敗」

涼安は口中でつぶやく。

宋源は冷えた笑いを浮かべて、涼安を見た。

「そうだ。わたしも話を聞いて、その主、怨まれて当然。成敗されてもしかたあるまい、と腑《ふ》に落ちたわ。ま、それ以上のことは話せぬがな」

涼安は黙り込んで、考えを巡らせていた。そうか、父親とお夕さんが手を組んでいたのか……。

宋源が顔を向けた。

「知りたいことはわかったか」

あ、と顔を上げて、涼安は頷いた。

消した。

「うむ。おおよそは」

「そうか、ではな」

宋源は前を向くと、すたすたと足を速めた。そのまま次の辻を曲がって、姿を消した。


宋源を見送った涼安は、踵を返した。

宝来屋に戻ると、少し離れて表から窺った。

問屋らしく、店先には商品を置いていない。が、中にはいくつもの台や棚が並び、物で溢《あふ》れている。

中に入っていく者、荷を担いで出て来る者、と賑《にぎ》わっている。

涼安はそっと近づいて中を覗き込んだ。

若旦那や手代が客の相手をしている。奥では、内儀も対応をしているのが見える。そして、帳場台では庄右衛門が座って算盤を弾いているらしいのが見て取れた。

涼安は手代らを目で追った。吉松の姿はない。と、奥から佐吉が現れた。手に風呂敷包みを持って、店を出て来る。

涼安は歩き出す。

佐吉に寄って行くと、後ろから「おや」と声をかけた。

「お使いですか」

え、と振り向いて佐吉は笑顔になる。

「ああ、先生。急ぎの届け物なんです。ちょいとそこまで」

道の先に顎をしゃくる。行く手は日本橋のにぎやかな表通りだ。

「ほう」と涼安は並んで歩き出した。

「繁盛でけっこうなことだ」

「ええ、おかげさんで」

笑顔で頷く佐吉に、涼安は横目を向けた。

「そういえば、小間物屋の鶴屋という店があったと聞いたのだが、佐吉さんは知っておられるか」

「ええ、知ってますよ。うちで小間物を卸《おろ》してましたから。けど、三年くらい前に、店は畳んだそうで」

佐吉の言葉に、やはり、と涼安は息を吞んだ。鶴屋は宝来屋とつき合いがあったのだな……だとすると……。

涼安は考え込んで、よし、と顔を向けた。カマをかけよう……。

「その鶴屋は宝来屋を怨んでいた、と小耳に挟んだのだが」

どう出る、と涼安は佐吉を見つめる。が、佐吉は「ああ」と頷いた。

「さいで。逆恨みをされていたって、旦那様から聞きました」

「逆恨み？」

「はい。なんでも商売が上手《うま》くいかなくなったのを、うちのせいだとケチをつけてきたとかで。ときどき、いるんですよ。うちの卸した物にケチをつけて、金を出せって強請《ゆす》ってくるのが」

佐吉は苦笑を見せる。

なんと、と涼安は思わずつぶやきを漏らした。思っていた答えとは、かけ離れていた。

佐吉は共感を得たと思ったのか、笑顔になった。

「驚くでしょう。けど、どこの小間物問屋にも、そんな強請りたかりがくるらしいです。うちもケチをつけてきたのは鶴屋ばかりじゃない、竹屋《たけや》もしつこかったってぇ話を聞いたことがありますし」

ほう、と涼安は唾を呑みつつ、小さな笑みを作ってみせた。

「そうなのか。問屋というのもなにかと大変なのだな」

「ええ。大店《おおだな》になればなるほど厄介事《やっかいごと》も増えるもんだって、旦那様はいつも言っています」

「なるほどな」

頷く涼安に、佐吉はすっと手を上げた。

「それじゃ、あたしはあっこに行くんで」

汐見屋《しおみや》という大きな看板を指さす。間口の広い小間物屋だ。

「そうか、邪魔をした」

涼安は立ち止まる。

佐吉は会釈をして、店へと駆けて行った。

四

宝来屋の昼餉《ひるげ》で、涼安はおふくと庄右衛門を交互に見つめた。

薬膳を庄右衛門にも出すようになって、幾日も経っていた。

「庄右衛門さん」涼安は言葉をかけた。

「寝汗の具合はどうですか」

ああ、と庄右衛門は胸元を見る。

「そういや、あんまりかかなくなったな」

「ええ」おふくが涼安に向く。

「おかげさんで、前よりだいぶましになりましたよ」

「そうですか。ならばよいのですが」

まし、か……。涼安は玄斎と宋源の顔を思い出していた。やはり、害する薬膳を出し続けているのだな。

「庄右衛門さん、外の御膳が旨くても、辛《から》い物は少しだけにしてくださいね」

あ、と庄右衛門は顔を背ける。

「わかりました。そうしましょう」

「ほんとに」おふくが唇を尖らせる。

「外で羽目を外しちゃ困りますよ」

「わかってるって」

女房からも顔を背けて、庄右衛門は味噌汁《みそしる》を流し込む。

と、そこに廊下から、慌ただしい足音が近づいて来た。

「旦那様」

手代の佐吉が廊下で膝をついた。

「今、知らせが……汐見屋の旦那さんが亡くなったそうです」

えっ、と庄右衛門とおふくの声が重なった。

「亡くなったって、いったい、どういうことだ」

庄右衛門の言葉に、佐吉は膝で座敷に入ってくる。

「それが、朝、起こしに行ったら、布団の中で冷たくなってたそうで……いや、先日、お店で見かけたときにはいつもどおりだったんですよ」

「なんと……」

庄右衛門は箸《はし》を落とす。

「まあまあ」おふくは涼安を見た。

「寝ているあいだにってことですか。そんなこと……」

涼安は頷く。

「夜のあいだに、心の臓が止まってしまうことはあります」

「ああ」庄右衛門は首を振る。

「うちの爺様もそうだった。朝、見たら息をしてなくて……」

佐吉は立ち上がると、庄右衛門の横に寄った。

「で、今夜がお通夜で明日がお葬式だそうです」

「そうか」庄右衛門は落とした箸を拾い、膳に戻す。

「おふく、羽織を出してくれ。とりあえず、弔問《ちょうもん》に行ってくる」

「これからですか。お通夜に行けばいいんじゃないですか」

「いいや。あの店には多額の売掛金があるからな。番頭は抜け目のない男だし、若旦那は頼りがない。こういうごたごたのときには、きっちりとあとを引き継がれるのを見届けにゃならん」

庄右衛門は急いで残っていたご飯をかき込んだ。

おふくは箸を置いて立ち上がると、座敷を出て行った。

佐吉も急いで戻って行く。

涼安は皆の動きをじっと見守っていた。

昼の片付けをすませた涼安は、薬箱を手に宝来屋を出た。

表に回ると、庄右衛門の姿があった。黒い紋付きの羽織を翻《ひるがえ》して、

「それじゃ、あとは頼んだよ」

そう手代らに言って早足で歩き出す。

涼安はその後ろを歩きながら、翻る羽織を見ていた。大変だな……。

宝来屋のある道は、それほど人通りは多くない。が、その先には、にぎやかな通りが見えていた。

急《せ》いたように進む庄右衛門とは、間合いが広がっていた。

えっ、と涼安は目を見張った。

横道から、人影が飛び出したからだ。

赤鬼の面をつけている。

その手には、抜き身の匕首《あいくち》を掲げていた。

ひっ、と庄右衛門の喉が鳴ったのがわかった。

なんと、と涼安は薬箱を地面に置いた。

「このっ」

赤鬼は、声を上げると匕首を振りかざした。

「ひぃぃっ」

庄右衛門は後ろに下がりながらよろける。

涼安は刀の柄《つか》に手を伸ばしながら、走った。

「やめろっ」
赤鬼の匕首が振り下ろされる。
庄右衛門は尻餅《しりもち》をついて、身を転がした。
赤鬼は、それに覆《おお》い被《かぶ》さる。
追いついた涼安は、刀を振り上げた。
赤鬼の手が上がる。
そこに刀を回し、切っ先を鬼の面の前に突きつけた。
くっ、と赤鬼が涼安を見た。
向かい合った涼安は、刀を構え直す。
「よせ」
見つめながら、涼安は、おや、と目を眇《すが》めた。
鬼の面からはみ出た肌はたるみ、首筋にも皺が目立つ。
「邪魔をするなっ」
赤鬼が匕首を振り上げる。
前の鬼とは違う……。涼安はそう思いながら、刀を振り上げた。
回した刃《やいば》で、赤鬼の匕首を弾き飛ばした。

「お助けを」

地面の庄右衛門は転がりながら、涼安に腕を伸ばす。

「くそっ」

赤鬼は庄右衛門の尻を蹴ると、身を翻した。

そのまま走り出す。

「待て」

赤鬼の足は速くない。

よし、と涼安はそのあとを追った。

赤鬼はおぼつかない足取りになって路地へと飛び込んだ。

涼安も続く。

路地の先には長屋があった。

しまった、と涼安は長屋を見渡した。赤鬼の姿はない。

井戸端の子供に、問いかける。

「鬼の面をつけた男が来なかったか」

子供は手を上げて頷く。

「あっちへ行ったよ」

裏を指で差す。

そうか、と涼安は再び駆け出した。

道は短く、すぐに表に出た。

くっと、涼安は立ち止まった。左右を見るが、鬼の姿はどこにも見えない。

それはそうか、と涼安は息を吐いた。面などすぐに外したはず……。

涼安は踵を返して、元の道を戻った。薬箱が無事だといいが……。

長屋を抜け、来た道に出た。

襲われた場所に戻ると、そこには佐吉がいた。

「どうも」と薬箱を抱えて頭を下げる。

「騒ぎを知らされて来ました。旦那様は汐見屋さんに行きましたんで、あたしがここで待ってました」

「そうか、かたじけない」

薬箱を受け取る涼安に、佐吉は小声でささやいた。

「赤鬼はどうなりました」

「逃げられた」

苦笑を浮かべる涼安に、佐吉は、ほっとしたように面持ちを弛《ゆる》めた。

「ついに旦那様まで襲うとは……もう、いい加減やめときゃいいのに」

え、と、涼安は目を見開いた。

「そのように思っていたのか」

涼安の問いに、佐吉は頷く。

「ええ、ほんとはね。誰だか知らないけど、腹に据えかねる思いを店に持っているんでしょう。旦那様はあざといやり手だし」

肩をすくめる。

あざといやり手、と口中で繰り返す涼安に、佐吉は小さく笑った。

「けど、先生のおかげで助かりました。赤鬼もこれであきらめてくれりゃ御《おん》の字なんですけど」

佐吉はそう言って背筋を伸ばすと、「それじゃ」と腰を折った。

「薬箱、助かった」

微笑む涼安に、

「お安い御用で」

と返して、佐吉は店へと戻って行った。

涼安も踵を返して歩き出す。

日本橋の人混みを縫いながら、しかし、と胸中で考えを巡らせていた。赤鬼が二匹いたとは……佐吉を襲った赤鬼よりも、庄右衛門を襲った赤鬼はあきらかに年嵩《としかさ》だった……。

涼安は対峙《たいじ》した場面を思い起こす。と、はっと顔を上げた。

待てよ、あの声、どこかで聞いた気がする……どこだ、誰だった……。

うつむきがちに歩き続ける。

あっ、と涼安は足を止めた。あの赤痣《あかあざ》の筆墨《ひつぼく》売り……。

声をかけてきた筆墨売りの姿を思い出す。赤痣は鬼の面に隠れて見えなかったものの、耳に残った声も、甦ってきた。

間違いない、と涼安は口中でつぶやいた。

五

薬の匂いに包まれながら、涼安は青山と向かい合っていた。

涼安は宋源とのやりとりを話し終えた。

「ふうむ」聞き終えた青山は、眉を寄せて腕を組んだ。

「闇の仕事でなければいいと思っておったが、やはりそちらであったか」

はい、と涼安も眉間を狭めた。

「怨まれ、成敗されるのもしかたあるまいと、宋源は、悪びれるふうはありませんでした」

「ううむ。成敗とは……よいことでもしているつもりになっているのか」

眉間の皺を深める。その顔のまま、涼安を見た。

「して、そなたはその主にも薬膳を出しているのだな」

「はい。妾宅に行くのは、数日に一度、こちらは毎日ですから抗するには十分かと。具合も少しずつよくなっているようです」

「そうか。よく気をつけて続けるのじゃぞ」

はい、と頷いた涼安は、その顔を巡らせた。

部屋に誰かが近づいて来る。

「青山先生」弟子が廊下から覗き込んだ。

「あの熊吉が、薬礼を持って来ました」

その背後から「どうも」と、熊吉が現れた。

「失礼しやす」

入って来ると、正座をして深々と額を床につけた。涼安にも気づいて、目顔で礼をする。

顔を上げるとにっと笑って、懐《ふところ》から小さな包みを取り出した。

「薬礼、あとからの怪我の分も合わせて、全部、お納めしやす」

胸を張る熊吉に、ほう、と青山が目を瞠《みは》った。

「稼いだのか。身体はもうよいのだな」

「へい。おかげさんで」

胸を叩く熊吉に、青山は頷く。

「ふむ、感心感心」

二人を見ながら、いや、と涼安は思っていた。稼いだ、といっても博打であろうな……。

「そいじゃ、あっしはこれで」

熊吉は再び頭を下げると、立ち上がった。

「待て」

涼安は熊吉に声をかけると、青山に向き直った。

「では、わたしもこれで失礼します」

うむ、と頷く青山に礼をして涼安も立つ。

「一緒に出よう」

と、熊吉と並んで歩き出した。

外に出ると、涼安は両国の方角に足を向けた。

「水茶屋で団子でもどうだ」

へい、と熊吉はついて来る。

両国の広小路に出ると、長床几《ながしょうぎ》を出した水茶屋へと進んだ。

緋毛氈《ひもうせん》に腰を下ろすと、熊吉も横に並んだ。

団子と茶を頼むと、熊吉はふっと顔を和《なご》ませた。

「いやぁ、水茶屋なんざ、久しぶりでさ。あっしらは昼間っから酒なもんで」

「ほう。それは前に迎えに来ていた仲間のことだな。つき合いは長いのか」

「ええ」熊吉は頷いてから、目元を歪めた。

「十年よりもっと、かな。あっしはあの兄ぃらに拾われたんで」

「拾われた？」

そこに団子と茶が運ばれてきた。

熊吉は湯飲みを持つと、湯気を吹いた。

「あっしは捨て子だったみてえで、気がついたときにゃあ名主さんの家にいて、そっからあるお店《たな》に奉公に出されたんでさ」

捨て子、と涼安は口中でつぶやく。

熊吉は茶を啜《すす》る。

「けど、そこがきつくて。冬でも外で行水させられるし、おまんまはいっつも湯漬け、いや湯でもなくて、かけるのは水でさ。それを茶碗に一杯なもんで腹は減るし、つらいしで、逃げ出しちまったんでさ」

肩をすくめて、熊吉は団子に手を伸ばす。

餡《あん》が塗られた団子を目の前に掲げながら、熊吉は目を歪めた。

「あの頃はこんなの食ったことなくて、いっつも指をくわえて見てたな。で、我慢ができなくて皿から盗んだら、見つかって殴られて……」

大口を開けると、敵《かたき》を取るようにかぶりついた。

「うめえ」

頬を動かす熊吉を見ながら、涼安は口を噤《つぐ》んだ。言葉を探すが、見つからないままだった。

「ま、そんなこんなで」熊吉は空を見上げる。

「町をうろうろしてたら兄ぃに声かけられて、家に連れて行かれたんでさ」

「なるほど」涼安はやっと言葉を出した。

「それで仲間に加わった、ということか」

「さいでさ。おまんまはたらふく食わしてくれるし、あったけえ風呂にまで入れてくれるしで、極楽《ごくらく》みてえだと思いやした」

「ふうむ。皆、遊び人ふうに見えたが、生業《なりわい》はどうしているのだ」

ああ、と団子を飲み込んで串を置いた。

「荷揚げをやったりして稼ぐこともありやす。兄ぃのなかには手に職を持っている人もいるし……まあ、けど、一番は博打でさ」

熊吉は腕を上げて骰子《さいころ》を振る仕草をする。

顕わになった腕に、涼安は目を引かれた。二の腕に入れ墨《ずみ》が見えたからだ。

「ほう、龍か」

指で差すと、熊吉は照れたように笑った。

「へい。おいら、『水滸伝《すいこでん》』が好きなもんで、九紋龍史進《くもんりゅうししん》を真似て龍を彫ろうと思ったんでさ」

「ほう、歌川国芳《うたがわくによし》の挿絵《さしえ》は見事だものな」

「そうなんでさ。で、九紋龍みてえに九匹の龍を彫ろうと思ったんだけど……一匹でやめちまったんでさ。入れ墨ってのは、けっこう痛いもんで」

熊吉は首を掻いて苦笑する。

そうか、と涼安も笑い、自分の団子を差し出した。

「これも食べてよいぞ。では、以前、深川の道で会ったのは、賭場に行く途中だったのだな」

「へい」団子を手に取って笑う。

「あんときは、ぼろ負けでした。でも、昨日は大勝ちして……だもんで、薬礼を払いに来たってわけでさ」

団子を頬張る熊吉を、涼安は横目で見た。

「ふうむ、博打というのは、そのように儲《もう》かるものなのか」

「たまぁに、ですけどね。勝ちゃあ、がっぽりってもんでさ」

鼻をふくらませる熊吉を見ながら、涼安はなるほど、と胸中でつぶやいた。お夕さんの父親も、博打で稼いで鬼ノ倉玄斎に払いをしたのか……。

考え込む涼安の耳に、ふうっという熊吉の息の音が聞こえてきた。

見ると、団子をじっと見つめている。

「ま、浮き草みてえな暮らしですけどね」

つぶやいた口を大きく開けて、団子にかぶりつく。頬を動かしながら、そうか、とつぶやく。

「浮き草みてえだから浮世ってぇのか」

涼安はその顔を見た。

「博打で稼ぐというのは、なかなか大変そうだな。荒っぽい者も多いようだし」

「へえ、まあ……あ、けど、客のなかにはいいお人だっているんですぜ。あっしのことを気にかけてくれるおやっさんだっているし」

「ほう、そうなのか。それは、救われるな」

「へい。ま、浮世も捨てたもんじゃねえってこってすかね」

喉を鳴らして団子を飲み下すと、熊吉は立ち上がった。

「ごっそさんでやした」

そう言うと、くるりと背を向けて歩き出した。

涼安は、その後ろ姿を見送った。

両国広小路を出て、涼安は十軒店へと足を向けた。

横道を入って、空を見上げる。黄昏《たそがれ》の色は、見えない。

吉松さんはまだ戻っていないだろうな……。そう思いつつ、戸の前に立った。

「こんにちは、孫六さん、いますか。涼安です」

「おう」中から大きな声が返る。

「入っておくんなさい」

では、と涼安は戸を開ける。

座敷の孫六は胡座《あぐら》の膝を回して笑顔を向けてきた。

「さ、お上がりを。倅もじきに戻って来ますんで」

お邪魔を、と涼安は上がって孫六と向き合った。

「顔がすっきりとしましたね。お腹周りも……」

目を移すと、孫六は「へい」と腹を打った。

「あれから、朝飯のあとに神田明神に行ってやす。で、だんだん足が軽くなって歩くのが気持ちよくなったもんで、中食《ちゆうじき》のあとには永代橋まで歩いて戻って来るんでさ」

「ほう、それはよいことを」

目を細める涼安に、孫六は頷く。

「前みてえに水をたくさん飲まなくなったし、甘いもんも減りやした。どうです」

孫六は口を開けると、舌を出した。

おう、と涼安は微笑む。

「潤《うるお》ってますね。舌の苔《こけ》も白くなっている」

へへへ、と孫六は笑う。

「そうでしょう。おかげさんってもんです。お医者の言うことは聞くもんだって、みんなに言って回ってまさ」

笑い声が大きくなる。

そこに戸が開いた。

「ああ、びっくりした」吉松が入って来る。

「笑い声が聞こえたから、おとっつぁん、気がおかしくなったのかと思ったら、先生が見えてたんですね」

笑顔になって、涼安の横に座ると頭を下げた。

「ありがとうございます。おとっつぁん、すっかり具合がよくなって、機嫌までいいんですよ」

「いや、食養生《しょくようじょう》と歩きの効用です」

「ほんとに、かっちけねえこって」吉松は真顔になった。

「わざわざようすを見に来てくだすったんですか」

「いや」と、涼安も真顔になった。

「それもあったのですが、吉松さんとも話がしたかったのです」

ああ、と孫六が腰を上げる。

「そんなら、あっしはまた湯屋に行ってくるから、ゆっくりしてくだせえ」

手拭《てぬぐ》いを肩にかけると、外へと出て行った。

戸が閉まると、吉松はかしこまった。

「なんでしょう」

「うむ、佐吉さんが言っていたのだ。赤鬼は腹に据えかねる思いを持っているのだろう、と。吉松さんはどう思う」

ああ、と吉松は腕を組む。うつむいて大きな息を吐くと、ゆっくりと顔を上げた。

「そりゃ、店のみんなが思ってることとです。旦那様は妬《ねた》みやっかみだとおっしゃいますが、みんな、うすうすそうじゃねえだろう、と。世間様だって、あれは怨みに違いと言っているのを、あたしらだって耳にしてるんで」

「そうなのか」

「ええ。赤鬼用の小銭をくすねて喜んでいるもんもいますが、そんなのは小さいこと。襲われることにびくつくのにも嫌気が差しているし、なにより、世間様から白い目で見られるのがいやなんでさ」

　ふうむ、涼安も腕を組む。

「確かに、怨みを買っているというのは、それだけで居心地が悪かろう」

「ええ」吉松のほうは腕をほどいて、声を低くした。

「これはここだけの話ですが……汐見屋さんが亡くなったから、言っちまいます。あそこの旦那さんは、うちの旦那様に賄《まいない》を渡してたんです」

「賄？」

「はい。裏の金です。汐見屋に都合のいいように取り計らってくれ、ってことです。もうずっと前のことですけど、あたしは奥で話しているのを聞いちまったんですよ。よろしく頼みます、と汐見屋さんが言っているのを。菓子折を差し出してね」

「なんと」涼安は目を丸くした。

「なにをどう、よろしく頼んだのだ」

「それはわかりません。旦那様の胸三寸、ってやつなんじゃないですか。けど、それからしばらくして、鶴屋が店を畳んで、その得意先を汐見屋が引き継いだんです。あたしは、ああこれか、と思いましたね」

「なんと、そのようなことが」

　顔をしかめる涼安に、吉松はさらに声を落とした。

「それより前にも、うちが卸していた小間物屋で、畳んだ店があったそうですよ。竹屋という店で、鶴屋の主は昔、そこの手代をしてたそうです」

　なんと、と涼安は声に出さずにつぶやいた。そんなことが……。

　唾を飲み込む涼安に、吉松は目顔で頷いた。

「まあ、そんなこんなを聞くと、怨みを買っててもしょうがない、と思うんです。旦那様だって、本心じゃそう思ってるからこそ、妬みだやっかみだって言って、ごまかしているんじゃないかと……」

　吉松はそっと額の傷に手を触れた。

第五章　鬼の行方

一

朝の台所で、おまつが寄って来た。

「涼安先生、大根、おろしますかね」

白い大根を掲げる。

「ええ、頼みます。たっぷりと」

「はいな」

台の前に立つ涼安の横に並び、おまつは大根をおろし始めた。

しゃっしゃっと小気味のよい音が響く。

が、その音をだみ声が遮《さえぎ》った。

「おい、おばさん」

廊下から男が入って来たのだ。

ひと目で浪人とわかる姿で、おまつに手を振った。

「酒をくれ」

「まあ、朝ですよ」

おまつが大根を置いた。

「いいんだよ」浪人が肩を揺らして板間を進んで来る。

「七つ刻(午後四時)まで出番はねえんだから。それにおれの朝飯は酒なんだ、覚えておいてくれよ」

おまつは顔をしかめて棚へと寄って行った。

酒徳利から茶碗に注ぐと、それを浪人に渡す。

「一杯だけですよ」

ふん、と浪人は鼻を鳴らし、茶碗を手にして戻って行った。

「何者ですか」

涼安はおまつを振り返る。

「用心棒ですってさ」おまつは肩をすくめた。

「このあいだ、旦那《だんな》様が襲われたでしょ、それで慌てて口入れ屋に頼んだそうですよ。けどねえ、なにもあんな……」

「庄右衛門さんが襲われたのは、あれが初めてだったのですか」

「ええ。それまでは手代や小僧ばかり。だから、旦那様も高《たか》を括《くく》ってたんでしょ。赤鬼なんぞ大したもんじゃないって」

おまつは首を振りながら台へと戻ると、また大根をおろし始めた。

涼安は胸中でつぶやく。七つ刻か、お夕さんの家へ行くのだろうか……しかし、赤鬼はなにゆえ、急に庄右衛門さんを……もしや……。

考え込む涼安をおまつが見上げる。

「どうしました」

いや、と涼安は包丁を手に取る。

たんたんと音を立てて、牛蒡《ごぼう》を切り始めた。


午後。

涼安は暇つぶしをかねて青山の家に行って薬箱を預けると、宝来屋へと戻って来た。

七つ刻を知らせる時の鐘《かね》が鳴り始める。

涼安は斜め向かいの端に立って、宝来屋を見つめる。と、店の奥から人影が外へと出て来た。

前を歩くのは浪人だ。そのあとに庄右衛門が続いている。さらに、手代の留七も後ろに続いた。

道を歩き出す三人を、涼安は目で追った。

庄右衛門の強張《こわば》った面持《おもも》ちに、なるほど、と思う。先頭を用心棒、背後には手代か……怖《おそ》れを抱いたのだな……。

涼安は間合いを取って、後ろについた。

庄右衛門が右側を指した。前の浪人に、行く先を示しているらしい。

右へと曲がって、しんがりの留七も辻《つじ》へと消えた。

涼安も、そこに追いつく。

と、曲がったと同時に、道の先から声が上がった。

あっ、と涼安は目を見開く。

一行の行く手を、人影が塞《ふさ》いでいた。

赤鬼だ。二人いる。

二人が並んで立ち塞がっていた。

手には匕首《あいくち》の刃《やいば》が光っている。

「出たな」

と、浪人が刀を抜いた。

庄右衛門は後ずさりながら、手を振った。

「か、かまわない、斬《き》れ」

手代の留七は、庄右衛門とともに後ろに下がる。

涼安は駆け寄りながら、赤鬼を見た。体つきといい、面からはみ出た顔立ちといい、見覚えがあった。

どちらも、前に襲ってきた鬼に間違いない……。そう思いながら、刀の柄《つか》に手をかけた。

「やろうっ」

年嵩《としかさ》の赤鬼が大声を上げて、駆け出す。

後ろに下がった庄右衛門に向けてだ。

その加勢をするように、もう一方の赤鬼が浪人めがけて走り出した。

浪人が刀をそちらに構えると、年嵩の鬼がその横をすり抜けた。

庄右衛門に刃を振り上げる。

「ひゃぁ」

庄右衛門が尻餅《しりもち》をついた。

「よせっ」

涼安は刀を抜いて、駆け寄る。

赤鬼が匕首を振り上げる。

その腋《わき》の下に、涼安は峰を打ち込んだ。

ぐっという唸《うな》り声が漏れて、赤鬼が止まった。

その向こうで、別な唸り声が上がった。

浪人の刀が、向かい合った赤鬼の肩を斬りつけていた。

涼安は走る。

浪人の顔には、冷笑が浮かんでいる。

斬り捨てるつもりだ……。涼安は口を開いた。

「やめろっ」

叫びと同時に、浪人の脇腹に峰を打ち込んだ。

くっと、浪人が振り向く。

「邪魔立ていたすな」

浪人が足を回し、涼安に向き合った。
「そうはいかぬ」
涼安は足をじりりと広げた。
周りに人が集まってきたのが、目の端に映っていた。
肩から血を流す赤鬼を、覗《のぞ》き込んでいる者もいる。
涼安はちらりと、目を後ろに向けた。
腋の下を押さえた赤鬼が、転がった庄右衛門に向かおうとしている。
が、その前に留七が両腕を広げた。
「やや、や、やめろ……」
震える声が聞こえてくる。
「はあっ」
気合いとともに、浪人が動いた。
涼安は刀を構え直す。
下りてくる刃を、宙で受ける。
向き合った浪人が、ぎりりと歯がみをする。
涼安は地面を蹴り、相手の刃を弾く。

身を斜めにした浪人が、「このっ」と足を踏ん張る。

いまだ、と涼安は刀を回す。

浪人の膝に打ち込んだ。

鈍い音が鳴って浪人の動きが止まった。

呻《うめ》き声とともに浪人は膝を押さえる。

「安心しろ、割ってはいない」

涼安は言いながら、振り向いた。

と、大声が上がった。

「旦那様っ」

留七が庄右衛門に覆《おお》い被《かぶ》さっている。

涼安はそちらに駆けた。

「旦那様、しっかり」

留七が庄右衛門を揺らす。

「どうした」

涼安は膝をついて覗き込む。

庄右衛門の目は半分、開いている。

えっ……。涼安は庄右衛門の肩をつかんだ。

「庄右衛門さんっ」

呼びながら肩を揺らす。

周りの人々がおずおずと覗き込んだ。

「おい、顔が真っ白だぞ」

その言葉に、涼安は庄右衛門の首筋に手を伸ばした。

指先でまさぐる。が、涼安は喉を詰まらせた。脈がない……。

「先生っ」留七がおろおろと手を上げる。

「旦那様は……」

涼安は慌てて庄右衛門の着物を開く。胸や腹を見る。が、傷はない。

留七に目を向けた。

「なにがあった」

「え、尻餅をついて、そっから身を捩《よじ》って、腹を抱えて……」

涼安は庄右衛門の顔を叩いた。

「庄右衛門さんっ、しっかり」

しかし、白くなった頬に赤味はささない。

鼻に手を当てるが、息は触れない。

「死んじまったみたいだぜ」

覗き込む人々から声が漏れた。

涼安は自分の手が震えていることに気づき、ぐっと拳《こぶし》を握った。

「おい」周りから声が上がる。

「宝来屋の主《あるじ》が死んだとよ」

「なんだって」

涼安は留七に怒鳴った。

「荷車を借りてこい、店に運ぶ」

「あ、はは、はい」

留七がよろめきながら立ち上がる。

と、人の輪が割れた。

「おう、こいつを使いな」

見知らぬ男が荷車を引いてきた。

周りの男達が次々に手を伸ばして、庄右衛門を荷車に乗せた。

その横で、涼安は、はっとして振り返る。

赤鬼の姿も浪人も、すでに消えていた。

「さっ、運ぶぞ」

涼安は荷車を引いた。


宝来屋は大騒ぎとなった。

運び込んだ庄右衛門は、すでに冷たくなっていた。

怒声が飛び交い、皆が走り回り、人々が出入りした。

そして、静かになった。

涼安は庄右衛門が納められた棺桶《かんおけ》に手を合わせた。

奉公人らは、音を立てずに慌ただしくしている。

「いいかい、ちゃんと知らせるんだよ」

おふくの声が飛ぶ。

「おっかさん、お坊さんが……」

若旦那の声が、昂《たか》ぶって高くなっている。

瞬《また》く間に、通夜の準備が進んでいった。

涼安はそっとおふくの姿を見て、気が立っているな、と腹の底でつぶやいた。

本当は少し落ち着いたほうがいいのだが、無理であろうな……。

涼安は己《おのれ》の手を見た。少し前まで、自分も気が昂ぶって手が震えたままだった。

拳を握って立つと、涼安は廊下で采配《さいはい》を振るうおふくに近寄った。

「すみませんでした」すでに言った言葉だが、再び頭を下げた。

「その場にいたというのに」

ああ、とおふくは歪《ゆが》んだままの顔を横に振った。

「先生のせいじゃありませんよ。留七から聞いてますから。尻餅をついただけだったのにって。あれでしょ、心の臓が止まったとかってやつでしょ」

「はい、おそらく」

頷《うなず》きつつ、涼安は胸の内を揺らしていた。鬼ノ倉玄斎の薬膳《やくぜん》が、効いたのかもしれない……。

「しょうがないわ」おふくはふっと鼻から息を漏らす。

「止まっちまったもんは、止まっちまったもん……ああ、ちょっと」

手代へと声を投げかける。やりとりを始めたおふくから、涼安は、そっと離れた。

「明日、また来ます」

そう言葉をかけて、廊下を歩き出した。

二

翌日。

忌中《きちゅう》の札のかかった宝来屋は、朝から弔問客《ちょうもんきゃく》の出入りが続いていた。

焼香をすませた涼安は、外でそのようすを見守っていた。葬列を見送るつもりだった。

佇《たたず》んでいると、ぱたぱたという足音が駆け寄って来た。

「涼安殿」

息を切らせて立ち止まったのは桂だった。

「や、桂殿」

桂は正面に回り込んで見上げる。

「主が亡くなったと聞いた。真《まこと》だったのだな」

その顔を店へと振り向ける。

涼安は眉を寄せて頷く。

「昨日……実は……」

赤鬼に襲われた騒動を話す。

む、と桂の顔が歪んだ。

「転んだだけ、だったと言うのか」

涼安は黙って頷く。

「なんと、そのようなこと……毒を盛られたのではないのか」

桂の声が荒ぶる。

「おやおや」そこに声が割って入った。

「やっぱりや」

寄って来たのは鬼ノ倉玄斎だった。

「な、言うたとおりやろ」

振り向いた後ろには、香原宋源もいた。

「何者」

桂は二人と涼安を交互に見た。

涼安の強張った面持ちに、桂は眉を寄せた。

「もしや、涼安殿が言うていたのは、この二人か」

涼安は頷く。

「ほう」と玄斎はさらに寄って来て止まった。

「こちらの女《おなご》はんはどなたはんでっしゃろ」

上から目を向ける。

「わたしは」桂は玄斎と向かい合う。

「芳朴斎桂。医者だ」

「ああ、あんたさんでしたか。お夕はんが前に薬膳を頼んでいた、いう女医者は」

「そうだ」桂が睨《にら》みつける。

「わたしのあとに、そこもとが薬膳を作ったと聞いた。鬼ノ倉玄斎殿と言われるか。人を害する薬膳を出すと聞いたが、真か」

ほうほう、と玄斎は冷ややかに笑う。

「江戸は女《おなご》はんまで威勢のいいことや」

「ごまかすな」

詰め寄る桂に、玄斎は笑いを深める。

「怖いお人やなあ。わしは人から頼まれた物を作るだけや。己の楽しみでしてるんとは違いますえ」

にやにやとした笑いに、桂はくっと顔を赤くした。

「よくもそのようなことを……医術や食で人を害するなど、医者として許せぬ」

足で地面を踏み鳴らす。

玄斎は目を細めて笑う。

「そら、立派な意見や。そやけど、毒を使う医者は、いつの世でもおる。きれいごとの裏で人が求めるさかい、なくならないんや」

「なれば」涼安は口を開いた。

「庄右衛門さんにも害をなした、ということか」

「ほれ、これや」玄斎はまた笑った。

玄斎と宋源を、交互に見る。

「そないな勘違いをされていると思うて、やって来たんや。あんたさん方、あの旦那はんに薬膳を出していなはったようやな」

桂が頷く。

「さよう。お夕ちゃんの頼みで、御膳を作っていた。ちゃんと身体に合う薬膳を出していたわ」

うむ、と涼安も言葉を続けた。

「わたしも、内儀《おかみ》さんから頼まれて出していた」

「さよか」玄斎は二人を見る。

「せやったら、旦那はんの身体も診《み》はったんやろうな」

「むろんだ」桂が足を踏み出す。

「脈診《みゃくしん》も舌診《ぜっしん》もし、症を確かめての上だ」

横で涼安も頷く。

「わたしも同様だ」

二人の言葉に、「ほうら」と玄斎は隣の宋源を見た。

「思ったとおりや」

ええ、と頷いて宋源が進み出た。

「腹診《ふくしん》はしなかったのか」

あ、と桂と涼安は口を閉じた。そして、顔を見合わせた。

「していないのだな」

宋源はそんな二人を見て、玄斎に目顔で頷いた。

玄斎は、ふんっと鼻で笑う。

「あんたさん方、杉田玄白《すぎたげんぱく》先生の『解体新書《かいたいしんしょ》』は読まはったか」

「むろん。家にある」

桂が胸を張る横で、涼安も続けた。

「わたしも青山先生に借りて読んだ」

顔を上げる二人に、玄斎はまた、ふふんと鼻で笑った。

「そんなら、惜しいことをしはりましたなあ。腹診をしておけば、わからはったやろうに」

玄斎は腹に手を当てた。

「あの旦那はん、ここに瘤《こぶ》がありましたで」

「瘤？」

桂と涼安が顔を見合わせた。

「そうや」玄斎が腹を指で差す。

「ここや。太い動脈があるところや。あれは動脈の瘤や」

宋源が口を開く。

「わたしも触れた。はっきりとわかるほどの大きさだった」

涼安と桂は、そっと横目を交わした。

玄斎が首を振る。

「わしは堺で似た病人を診たことがあった。そのお人は突然、亡くならはってな、駆けつけて確かめたところ、瘤が小そうなっていた。破裂したんや」

涼安が唾を呑み込む。

隣の桂も、息を呑むのがわかった。

「ま、そういうことや」玄斎は目元を歪めた。

「あの旦那はんはそう長いことあらへんやろうと思うてな、薬膳に大したことはしてへん。熱証が高まるものを出したくらいや。勘違いされてはたまらんさかい、わざわざこうして教えにきた、いうわけや」

玄斎が宋源を見る。

「ほな、行こか」

くるりと背を向けて、二人は歩き出した。

が、すぐに玄斎が振り返った。

「そうや、旦那はんを襲った二人、お夕はんの家にいはったで」

え、と涼安と桂は目を合わせる。

そうか、と涼安は唇を噛んだ。庄右衛門さんのことで、鬼を忘れていた……。

「騒動があったと、噂《うわさ》で聞いた」桂が問う。

「その二人、怪我をしているのだな」

涼安が頷くと、同時に桂は走り出した。

「待て、わたしも」

涼安も続く。

玄斎と宋源を追い抜いて、二人は走る。

「お気張りやす」

玄斎の笑いを含んだ声が、背中に聞こえていた。


駆け足のまま、涼安はお夕の家に着いた。

戸口の前で立ち止まると、数歩遅れて走って来た桂が止まらずに、

「お夕ちゃん」

戸を開けて、飛び込んでいく。

草履《ぞうり》を脱ぎ捨てて上がり込む桂に、涼安も、

「邪魔をする」

と続く。

廊下に出て来たお夕は、目を丸くした。

「桂先生」

「怪我人がいると聞いた。どこだ」

桂は座敷を覗き込む。

敷かれた布団に男が横たわり、脇にはもう一人の男が胡座《あぐら》をかいていた。

ああ、と涼安は座敷に入りながら男らを見た。やはりあの二人だったか……。

お夕は桂を布団の横に誘った。

「おとっつぁん、肩を斬られて……」

「ふむ、お夕ちゃんの親父さまか」

桂は布団の横に座る。

「では」涼安はその向かいに座った。

「鶴屋の主であった吉兵衛さんですね」

お夕が目を見開く。

「なんで……」

「人から聞きました」涼安は胡座をかいている男を見た。

「そちらは筆墨《ひっぽく》売りをしていたお人ですね。前は竹屋の主をなさっていたのではないですか」

　男は驚いた顔を上げた。

「へえ。さいで……竹三《たけぞう》と言いやす」

　桂は皆を見た。

「そうなのか」

　お夕は黙って頷く。

「まあいい」桂は手を伸ばして、吉兵衛の身体の下に差し入れた。

「起きられるか。傷を診たい」

「はあ」と、吉兵衛はゆっくりと身を起こす。

　肩には晒《さらし》が巻かれている。

「手当てを受けたのか」

　桂の問いに、お夕が口を開いた。

「今朝、玄斎先生と宋源先生が来た時に、手当てをして下すって。ただ、あとは医者を呼べ、と言われたんです」

「ふむ」涼安はお夕を見る。

「もう宋源らは来ない、ということだな」

「ええ。旦那様が亡くなったので。あの」お夕は小首をかしげた。

「玄斎先生に薬礼をお渡ししようとしたら、半分だけ、受け取られたんです。旦那様が死んだのは、病のせいからだとおっしゃって。そうなんですか」

うむ、と涼安は頷いた。

「あとで話す」

「ああ」桂がお夕に向いた。

「親父さまは熱が出ている。このままだと、傷口が膿《う》んでしまうゆえ、早く手当てをせねば。家から薬を取って来る」

腰を浮かせる桂を、「いや」と涼安が手で制した。

「師の家が近くなので、薬を分けてもらって来ます」

「ほう、なれば頼む」

見上げた桂に頷いて、涼安は外へと出た。

青山の家へと駆け出した。

三

翌日。

朝、家を出ると、涼安はまっすぐにお夕の家へと向かった。

「おはようございます」

戸を開け、勝手に上がり込む。

座敷にはすでに桂がいた。

「や、来ていたのですか」

「うむ。気になって参った。熱は下がったようだ」

「はい」お夕が頭を下げる。

「おかげさまで、昨日は、まともに口も開けなかったのに、今朝はお粥《かゆ》を食べられました」

身を起こした吉兵衛も、頭を下げた。

「お世話になりやした」

涼安は布団の足下に座った竹三を見た。

「具合はどうです。わたしが腋の下を打ってしまったので、痛むでしょう」

「へえ」竹三は腋の下を押さえて苦笑する。

「けど、手加減してくだすったんでしょう。大丈夫でさ」

涼安はそのまま、竹三に問うた。

「赤鬼の一人は竹三さんだったのでしょう。小間物屋を畳んだと聞きましたが、宝来屋のせいだったのですか」

竹三は歪めた顔で頷いた。

「そうでさ。かれこれ五年前になります。急にうちの店の評判が悪くなったんです。よくない物を高値で売りつけてるとかなんとか……」

「ほう、心当たりはあったのですか」

涼安の問いに、竹三は首を振りかけてそれを止めた。

「出入りの得意先から文句を言われて……椿油《つばきあぶら》を売ったのに中味は菜種《なたね》油だったと。けど、こっちは宝来屋から仕入れた物をそのまま売ったわけで、中味を入れ替えたりしちゃいなかったんです」

「それは」吉兵衛が声を上げた。

「庄右衛門の仕業さ。あいつがやったんだ」

竹三がそれに大きく頷いた。

「あたしもそれを疑って確かめに行ったんです。けど、知らず存ぜぬで、相手にしちゃもらえなかった。あっというまに、うちは商売が回らなくなって、それなのに、宝来屋の掛け売りの取り立ては容赦《ようしゃ》なく……とうとう看板を下ろさざるをえなくなっちまったんです」

「うちと同じでさ」吉兵衛が身を乗り出す。

「庄右衛門のやつ……」

拳を握る吉兵衛に、涼安は向いた。

「吉兵衛さんは竹屋の手代をしていたそうですね」

「ああ、さいでさ」吉兵衛は面持ちを弛《ゆる》めた。

「あたしは小僧から入って、この竹三さんに育てられたようなもんで。手代でしばらく働いて、独り立ちさせてもらったんです」

「なるほど。なので、同じ宝来屋から仕入れをしていたのですね」

「ええ。鶴屋を開いて、上手《うま》くいってたんです。なのに、三年前、宝来屋に潰《つぶ》されたんです」

「潰された、とはどういうことだ」

桂が声を挟んだ。

「あの庄右衛門が潰したのよ」お夕が声を上げた。

「鶴屋に傷物を卸《おろ》したんだ。割れた紅入れの蛤《はまぐり》や白粉《おしろい》の瓶《びん》をうまくくっつけて、売りつけたんですよ」

「ええ」吉兵衛が頷く。

「歯の欠けた櫛《くし》や折れた簪《かんざし》も、見てわからないようにくっつけてあったんです。こっちは知らずにお客に納めちまって、あとから文句を言われるってぇ始末で」

「なんと、そのようなことを」

言いながら涼安は唾を呑み込んだ。割れた紅入れの蛤やひびの入った筆を、おふくから受け取ったことが思い出された。

「傷物ってのは出るんです」竹三が言う。

「京や大坂から運んで来る物だってあるし、店で扱っているうちに壊れちまう物だってある。けど、まさかそんな物を売るなんざ、思ってもみねえ」

口惜《くや》しそうに歪む顔に、吉兵衛も頷く。

「ありゃあ、庄右衛門の企みだ。竹屋も鶴屋も、畳んだあとは得意先を汐見屋が持っていきやがった。陰でつるんでいたにちげえねえ」

涼安は吉松の言葉を思い出した。

「宝来屋の手代が言っていました。汐見屋の主が、庄右衛門さんにこっそり金を渡していた、と」

「やっぱり」

竹三と吉兵衛の声が重なった。

「ちくしょう」竹三が膝を打つ。

「汐見屋にも、やっておきゃあよかった」

二人は頷き合う。

涼安はその二人を交互に見た。

「赤鬼になったのは、その仇討《あだう》ちだったのですね」

「そうでさ」竹三が袖《そで》をまくった。

「店を畳んだあと、うちの悪い評判を流していたのは、庄右衛門だってことがわかったんでさ。だから、仕返しに店の評判を落としてやろう、と始めたってわけで。宝来屋の奉公人だけを襲えば、よくねえ噂が立つにちげえねえと思ってね」

「おうさ」吉兵衛が頷く。

「それを知っていたんで、あたしも店を潰されてから加わったんです。案の定、町のもんから、宝来屋は怨みを買っているんだろうって白い目で見られた。へん、ざまあみやがれってもんだ」

　おう、と竹三も頷く。

「そうであったか」桂がつぶやいた。

「なれば、お夕ちゃんも仇を討つために、宝来屋の主に近づいたのだな」

「そう」お夕は頷く。

「あたしだってあいつが憎くしてしょうがなかったから、仇を討ちたかった。そしたら、遊女になってから、庄右衛門が客として来てるのがわかったのさ。で、近づいたら、まんまと夢中になってくれて」

　くくっと、笑う。

「おとっつぁんと一緒に、このうちで殺してやろうかって話にもなったんだけど、見つかれば死罪だ。そんなのはまっぴら御免だから、薬膳でそっと死んでもらおうと思ったんですよ。最初は桂先生に、具合を悪くする薬膳も作れるんですかって聞いたんだけど、そんなことに使うもんじゃないって怒られちゃって」

「ああ」吉兵衛が娘を見る。

「そのあとにあたしが裏の筋のお人から、鬼ノ倉玄斎って人のことを聞いたんでね」

なるほど、と涼安は目を伏せた。と、それを開き、竹三を見た。

「なのに、急に庄右衛門さんを襲うことになったのは……もしや、竹三さんは具合が悪いのではないですか」

「うむ」桂が竹三を見つめる。

「顔色が悪い。肌も髪も乾いている。おまけにその痩せ方、病であろう」

桂は立ち上がると、つかつかと竹三に寄った。

「診てみよう」そう言って首筋に手を当てた。

「脈も力がないな」

「ほう、ではわたしも」

涼安も立ち上がった。

「いや」竹三は手を上げて二人を制した。

「かまわないでくだせえ。てめえの身体はわかってるんで。腹に固い塊《かたまり》ができてるんでさ」

「なんと」

桂は腕を伸ばして、竹三の着物を開いた。

驚く竹三にかまうことなく、桂は腹に手を当てる。

「これは……」

眉を寄せる桂に、涼安もにじり寄って手を伸ばした。

腹をまさぐって、鳩尾《みぞおち》で手を止めた。

「これは、巌《いわ》（癌《がん》）……」

涼安のつぶやきに桂が頷く。

「だめなんでしょう」竹三が着物を合わせる。

「わかってるんでさ。おっかさんが同じ病だったから。なもんで、死ぬ前に庄右衛門に片をつけてやろうと思ったんです」

吉兵衛がうつむいた。

「それを聞いちゃ黙っていられねえ、とあたしも加わったんで」

涼安は、二人を見て、そっと息を呑んだ。そういうことであったのか……。

「なれば、よかったではないか」

桂の声が響いた。

え、と皆の目が集まる中で、桂は頷く。

「宝来屋の主も汐見屋の主も死んだ。これでもう、怨みを引きずることもあるま

「うむ」涼安が言葉を続ける。

「誰も手を汚さずにすんだのはよいことです。この先は前だけを見て進めばよい」

お夕が父親と顔を見合わせる。

竹三が天井を仰いで、息を吐く。と、その青白い顔を父娘《おやこ》に向けた。

「そうさな。あとはおめえら、楽しく生きな」

桂と涼安は、そっと目を見交わした。

夕刻。

宝来屋を訪ねた涼安は、おふくと向かい合った。赤鬼の正体を告げようかどうしようか、と迷いが続いていた。

「先生にはお世話になりました」手をついたおふくがゆっくりと顔を上げた。

「これは薬礼です」

錦《にしき》の巾着《きんちゃく》を涼安の前に差し出した。

では、と涼安は受け取って、おや、と目を上げた。重い……。

おふくは目顔で頷く。

「おまつが赤鬼退治までお願いしていたそうですね。ご面倒をおかけしました」

「いえ。庄右衛門さんのことは、真にご愁傷《しゅうしょう》さまでした」

ふっと、おふくは小さく笑う。

「こうなってみると、肩の荷が下りたみたいで……今、あの人がつけてた帳面を見てるんですけど、なんだかおかしなことをして小遣《こづか》いを稼いでいたみたいなんですよ。あたしが捨てた物をこっそりと売ったりして。それで、怨みを買ってたのかもしれませんねえ」

おふくは歪めた顔を、半分開けた障子の隙間に向ける。庭が見える。

「あんなふうに亡くなったのも、因果応報ってやつかもしれないと、思えてきてるんですよ」

歪めた頬で笑う。

涼安はその横顔を見た。わたしが真相を告げずとも、やがて知るであろう……。

「あたしもね」おふくが顔を戻す。

「妾《めかけ》を憎んでたんです。けど、こうなっちまうと、あんな年寄りに引かされてうれしかったはずはない、と思えてきてね。家の荷物は全部あげるから、どことなり好きなところにお行きなさいと、さっき、言伝《ことづて》を出したんですよ」

おふくは、清々《せいせい》とした面持ちで笑った。

涼安はそれに頷き、「では」と立ち上がった。

表から、とおふくに言われて向かうと、奉公人が集まっていた。

おまつが手を合わせて頭を下げる。

末吉や佐吉も深々と腰を折る。

吉松は目顔で笑いかけてきた。

皆に見送られて、涼安は宝来屋をあとにした。

四

涼安は窓辺で、じっと書物に目を落としていた。

青山は弟子に講義をしていたため、挨拶《あいさつ》をせずに奥の部屋へと入り込んでいた。

「なんじゃ、涼安、来ておったのか」

青山の声に、涼安はうつむけていた顔を上げた。

「すみません、勝手に『解体新書』をお借りしてました」

膝に載せた書物を掲げる。

ふむ、と青山は横に胡座をかいた。

「玄斎に小馬鹿にされて堪《こた》えたか」

鬼ノ倉玄斎とのやりとりは、すでに伝えていた。

「はい」涼安は苦笑する。

「己の未熟さを痛感させられました。正直、口惜しいのです」

おう、と青山は涼安の肩をぽんと叩いた。

「口惜しいのはよいことだ。そこで腐ればおしまいだが、見返してやろうと奮《ふる》い立てば、人は磨かれるのだ」

涼安は口元を歪める。

「こたびは、玄斎殿、いや宋源にも負けました。さらに、桂殿にもかなわなかった気がして、奮い立つほど意気が上がっていないのです」

「ふうむ、女医者か。その家は祖父も父も医者なのであろう。で、幼い頃から教えも受けてきた、と。なれば、しかたあるまい。そなたは徒士《かち》の家に生まれたのだから、道の始まりがそもそも違うのだ。生まれ落ちた地で、育ち方は変わる。言ってみれば、それは運のようなもんじゃ」

「はあ。しかし、なればこそ、足りない運を補うためにいっそうの精進《しょうじん》をせねば、と思うたのです」

ほうほう、と青山は笑顔になって、また肩を叩いた。

「よい心がけじゃ。気張るがよい」

その言葉に、涼安は玄斎の声を思い出した。冷笑を含んだ〈お気張りやす〉という言葉が耳に残っている。

「鬼ノ倉玄斎は、この先も江戸にいるのでしょうか」

「さあて」青山は首をひねる。

「わからん、が、頼まれ事をされれば引き受けるであろう。そして、仕事があれば居続けるであろうな」

「わたしは……」涼安は眉を寄せる。

「せめて宋源には、こちらに戻って来てもらいたい、と思うているのですが」

「ふうむ、そなたの気持ちもわからないでもないが」青山はまた首をひねる。

「まあ、人を変えようとは思わぬことじゃ。人には人の道がある」

青山は腰を浮かせた。

「あ、お待ちを」涼安は懐《ふところ》に手を入れた。

「薬代を持って来たのです。で、今日も少し分けていただきたく……」

小さな包みを差し出すと、青山はそれを受け取った。

「では、薬部屋に参れ」

立ち上がった青山に、はい、と涼安も続いた。


青山の家を出て、涼安はお夕の家へと向かった。

辻を曲がって家が見えると、えっ、と涼安は走り出した。

家の前に、荷車が置いてある。

家から出て来た男が、そこに簞笥《たんす》を積んでいた。

お夕と桂も、荷物を抱えて出て来る。

走り込んだ涼安に、皆の目が向く。

「これは」涼安は荷台を見た。

「家移りですか。いや、宝来屋から話は聞きましたが、ずいぶんと早い」

「ええ」お夕が風呂敷包みを荷台に置いた。

「こうなりゃ、さっさと出て行こうと思って。売れる物は売って、あとは持って行きます」

簞笥を積んだ男がこちらに向いて会釈《えしゃく》をした。指物師《さしものし》の五市だった。

お夕が簞笥に笑みを向ける。

「この簞笥は五市《ごいっ》つぁんが作ったんですよ」

ほう、と涼安は荷台を見た。ほかは柳行李《やなぎごうり》が数個と風呂敷包みばかりだ。

「荷物はこれで終わりだ」桂が言う。

「あとは」

振り向くと家の中から吉兵衛と竹三が出て来た。

「竹三さん」桂が荷台を示す。

「そなたはここにお乗りなさい」

えっ、と竹三は腰を引いた。

「いや、そんな、歩きますんで」

「ならぬ」桂はつかつかと歩み寄ると、腕を引いた。

「身体はすでに弱っているのだ。動かぬほうがよい」

「ええ」涼安も寄って行く。

「無理は禁物です。さあ」

背中に手を添えて、荷台へと誘う。

竹三はおぼつかない足取りで、それに従った。

涼安は骨を感じる背中を支えながら、そうか、と心中で思った。庄右衛門さんへの怨みで持ちこたえてきたものの、それがなくなって一気に気力が萎《な》えたのだな……。

「して、どこへ行くのです」

涼安の問いに、吉兵衛が腰を折る。

「外神田の長屋です。そこで竹三さんと一緒に暮らしてきたもんで」

お夕がその横で頷く。

「あたしも当面はそこに。おとっつぁん達の世話をしなくちゃ」

「世話などいらん」父は首を横に振る。

「おまえは五市のとこに行けばいい」

五市は、吉兵衛にかしこまる。

「そいじゃ、すぐにでも祝言《しゅうげん》を挙げさしてもらいます」

「ああ、そうしておくれ。すまんが、おまえさんにまかせるよ」

「へい」五市は、威勢のいい声を上げて、荷車の先に駆け込んだ。

引き手をつかむと、持ち上げる。

「それじゃあ、行きますよ」

五市のかけ声に「はい」とお夕も並ぶ。

二人が荷車を引き出した。

吉兵衛も横について押す。

後ろで押し始めた桂に、涼安も並んだ。

そっと、桂の横顔を見る。

「長屋まで行くのですか」

「うむ。吉兵衛さんの傷はまだ手当てが必要だ。竹三さんにも薬を運ばねばならぬ」

「薬なら」涼安はふくらんだ懐を目で示した。

「持って来ています」

ほう、と桂は目顔で頷いた。

荷車をぐいと押して、桂は息を吐く。

「涼安殿は、あの鬼ノ倉玄斎という医者、よく知っておられるのか」

「いえ、宋源とはつき合いがありましたが、玄斎殿のほうはよくは知りません」

「そうか」桂はまた車を押す。

「わたしはあの者らは許せん。医者の仁と義をなんと心得ているのか」

涼安は、黙って頷く。

「しかし」桂の声が低くなる。

「腹診を怠《おこた》ったことは、こちらの落ち度」

「ええ、それは」涼安の声もくぐもる。

「口惜しいことですが、認めざるをえません」

「うむ、わたしも口惜しい」

桂が顔を向けた。眉がきりりっと上がっている。

その顔を空に向けて、桂は声を高めた。

「口惜しいが、学びとなった」

涼安は横目でそれを見続けた。目が離せなかった。

切りそろえた桂の髷《まげ》が、風で揺れる。

「その……」涼安は小声になる。

「ご亭主は病で亡くなったのですか」

「ご亭主？」

桂は、顔を向ける。涼安の眼差《まなざ》しが自分の頭にあるのを察して、桂の声がはじけた。「やっ、これか」

頭を振って、髷を揺らす。

「これは紛《まが》い物だ」

「はっ?」

覗き込む涼安に、桂は肩をすくめた。

「独り身だと周りがうるさいのだ。早く嫁に行け、どのような男が好みか、よい縁組みを世話してやろう、などと次々に言ってくる。されば、と思って髷を切ったのだ。後家に見えるであろう」

ははは、と笑い出す。

あんぐりと口を開く涼安を、桂は笑顔で見上げる。

「狙いどおりであった。わたしの父まで、娘は好いた男がいたものの死んだらしい、と周りに言っているくらいだ」

ははは、と笑い続ける。

「そ……そういうことだった、のですか」

涼安の言葉に、「うむ」と頷く。

「医術の道が面白いゆえ、嫁になどいかずともよいと思うている」

胸を張って、自らの言葉に頷く。

なんとも、と涼安は揺れる髷を見続けた。

「さあ」桂が真顔になった。

道は神田川を渡る橋へと差しかかっていた。

「押すぞ」

桂が声を上げる。

涼安も慌てて手に力を込めた。

荷車は橋の勾配《こうばい》を上りだした。

五

涼安は外神田の辻を曲がって路地へと入った。

昨日、お夕らが家移りをした長屋がそこにある。

「こんにちは」

声をかけると、すぐにお夕が戸を開けた。

「まあ、先生。来てくだすったんですか」

うむ、と招かれるままに入る。

「おや」と座敷にいた桂が振り向いた。

「おや」と涼安も返す。

「桂殿もか」

桂は頷いて吉兵衛の晒を巻く。

涼安は布団に仰向ける竹三に寄って行った。

「どうです、具合は」

竹三はしかめたままの顔で小さく笑った。

「大丈夫でさ」

言いつつも、鳩尾辺りに手を当てているのが、かけた掻い巻きの上から見て取れた。

「薬を煎《せん》じます」

涼安は土間に下りて竈《かまど》の前にしゃがんだ。朝、燃やしたらしい火がまだ残っている。薪《まき》をくべ、薬缶《やかん》を置いて、涼安は生薬《しょうやく》を煎じ始める。

座敷からお夕が、膝で寄ってきた。

「あのう……薬はけっこうです」おずおずとした声がさらに小さくなる。

「うちは、大してお金が残ってなくて……」

「なあに」涼安は振り向いた。

「薬礼は無用。竹三さんには峰打ちをくらわせてしまったゆえ、詫《わ》びです」

「けど……」

首を縮めるお夕に、桂が顔を向けた。

「医術は仁術。気にするな」

お夕と吉兵衛が顔を見合わせる。と、深々と頭を下げた。

そこに戸が鳴った。誰かが、手をかけている。

「おやっさん、いやすか」

戸が開いて、男が顔を覗かせた。

えっ、と涼安が声を上げる。

あっ、と男も指で差してきた。

「涼安先生じゃねえか」

「熊吉、なにゆえにここに」

いやぁ、と熊吉は中に入ってくる。

「そいつはこっちの科白《せりふ》ですぜ」

「なんと」吉兵衛は顔を巡らせる。

「知り合いだったのかい」

へい、と熊吉は上がり込んできた。

「前に話したでしょ、担ぎ込まれた医者の家。そこの先生でさ」

「前に話したでしょ、担ぎ込まれた医者の家。そこの先生でさ」

涼安は、吉兵衛と熊吉を交互に見た。

涼安は、熊吉が賭場《とば》にいいおやっさんがいる、と言っていたのは吉兵衛さんの
「そうか、ことであったか」

「さいでさ。賭場に顔を見せねえんで、心配になって……ここには前に連れて来
てもらったことがあるんで。いや、やっぱし怪我をしてたのかぁ。でえじょぶで
すかい」

「ああ」と吉兵衛は頷く。

竹三は身を起こして、熊吉を見、その顔を吉兵衛に向けた。

「この兄さんか、前に言ってたのは」

「そうでさ」吉兵衛は笑う。

「根はいいやつなんで」

ふうん、と竹三は熊吉を見た。

「なら、おまえさん、吉つぁんと商売をやんねえかい」

「商売？」

目を丸くする熊吉に、竹三は隅に置いてる風呂敷包みを指さした。

「あたしは筆墨売りをしていたんだ。けど、もう商いはできないから、吉つぁんに継いでもらうことにしたのさ。おまえさん、手伝わないかい」

ええっ、と熊吉は風呂敷包みを見る。

「そりゃ、おやっさんと一緒なら……けど、おれぁ筆や墨《すみ》のことなんざ、なぁんもわかんねえし」

「そんなのは吉つぁんが教えるさ。なあ」

竹三の言葉に、吉兵衛は頷く。

「おう、すぐに覚えるさ」

「や、けど……おれぁ、実を言うと無筆で、いろはにほへと、までしか書けやしねえんで」

「そんなのは」吉兵衛が胸を叩く。

「あたしが教えてやる。いろはなんざ、十日で覚える。そしたら、『水滸伝』が読めるようになるぞ。読み仮名が振ってあるから、いろはを覚えりゃ簡単だ。おめえ、前に読みたいと言ってたろう」

「『水滸伝』」と声を上げて、熊吉は吉兵衛に膝でにじり寄って行く。

「ああ、読みてえ。絵だけ見てても面白かったけど、ほんとは文も読みてえと思ってたんだ」

吉兵衛の横に座り直すと、熊吉はかしこまった。

「ほんとうに、おいらにできるかな？」

「ああ、できるさ」

深く頷く吉兵衛に、「よし」と熊吉は立ち上がった。

「決めた。やりやす。したら、ちゃんと足を洗ってきまさ」

くるりと背を向けて、戸口へと向かう。

「お待ち、足を洗うって……」

手を伸ばす吉兵衛に振り向く。

「仲間を抜けなけりゃ、堅気《かたぎ》にはなれねえんで」

外へと飛び出して行く。

呆然《ぼうぜん》とした皆の目が、涼安に集まった。

「はい」涼安が立ち上がる。

「見て来ます」

続いて外に飛び出した。

道を小走りに行く熊吉を見つけ、涼安はそのあとを追った。

辻をいくどか曲がって、熊吉は走り続ける。

と、その姿が一軒の家へ入って行った。

涼安が近づくと、中から大声が聞こえてきた。

「ざけんなっ、てめえっ」

大きな音が響いて、声も重なる。

「どの面《つら》下げて言ってるんだよ」

「そうだそうだ」

男らの声が重なる。

涼安は家の前で立ち止まって耳を澄ませた。

「勘弁してくだせえ」熊吉の声だ。

「けど、おれぁ『水滸伝』が読みてえんだ」

「なんだぁ、わけのわかんねえことほざいてんじゃねえ」

「おう、やっちまえ」

大きな音が響く。

「待てっ」

涼安が戸を開けて飛び込んだ。

土間には熊吉が転がっている。血まみれの顔で、涼安を見上げた。え、先生、と口が動く。その周りを、子分らが取り囲んでいた。

「なんでえ」

肩に龍の入れ墨をした男が、上がり框《がまち》から睨みつける。

「あっ」と子分の一人が手を上げた。

「こいつ、あの医者の所にいた……」

「ああ、そうだ、覚えてるぞ」

「おう、医者のくせに腕の立ったやつだ」

子分らが懐から匕首を取り出す。

涼安も咄嗟《とっさ》に刀を抜いた。

構える涼安に、子分らが皆、匕首を掲げてにじり寄った。

くっと、涼安は目を動かした。多勢に無勢か、まずいな……。柄を握る手に汗が滲《にじ》んでくるのを感じていた。

「お頭《かしら》」足下の熊吉が身を起こした。

「勘弁してくだせえ。この先生はいいお人で、あっしを助けてくれて……」

拝むように見上げる熊吉を、ふん、と入れ墨の男が見下ろした。

「てめえの都合で足抜けをしようなんざ、甘《あめ》えんだよ」

「おうよ」土間の子分が肩を揺らす。

「どう落とし前をつけようってんだ」

「腕の一本でも落とすか」

笑い声が起こる。

「なれば」

涼安は懐に手を入れた。巾着をまさぐって、金の小板を取り出す。

「二分《にぶ》（一両の半分）ある。腕一本として、どうだ」

入れ墨の男に差し出した。

「ふうん」

男はそれをつかみ取って目の前に掲げた。

子分らも見上げる。

入れ墨の男は二分金を振りながら、涼安と熊吉を見た。

「へっ、熊公の腕一本なら、ちょうどってとこか。なら、連れて行きな」

男は顎《あご》をしゃくった。

ええ、と子分らがざわつく。

「いいんですかい」

ふん、と男は鼻で笑いを漏らした。

「熊公みてえに根性のねえやつは、どうせ役に立ちゃしねえ。堅気になってみっちく生きるのが似合いだろうよ」

男は涼安を見て、再び顎をしゃくる。

涼安は刀を納めて、熊吉に腕を伸ばした。

「大事ないか」

引っ張り上げると、左腕がだらりと落ちた。

肩が外れているな……。涼安は背中に腕を回して、熊吉を抱える。

外に連れ出すと、熊吉は顔を振り向かせた。それをぺこり、と小さく下げた。

「とっとと行きゃあがれ」

男の声が上がり、同時に戸が閉められた。

涼安はほうっと息を吐く。その目で抱えた熊吉を見ると、咳《せき》と同時に口から血を吹き出した。

　よし、と涼安は急ぐ。

　辻を曲がり、また曲がり、青山の家に着いた。

「先生」

　大声にすぐに戸が開いた。

　出て来た青山が、担がれた熊吉を見る。

「なんじゃ、また来たのか」

　へえ、と熊吉は腫《は》れた顔で笑う。

「これが最後ですんで」

「ええ」涼安も頷いた。

「わたしが請け合います」

　青山が腕を伸ばしてくる。

「ああ、わかった。早く上がれ」

　青山の手が、熊吉の背を押した。


　数日後。

吉兵衛の長屋に行った涼安は、戸口で足を止めた。

ちょうど戸が開いて、中からお夕が現れたのだ。振り袖を着ている。

「ほう」と目を瞠《みは》ると、後ろから出て来た吉兵衛が頭を下げた。

「これから五市と祝言を挙げるんで」

お夕は笑顔で頷く。

「白無垢《しろむく》なんかを着たら笑われるから、借り物の晴れ着です」

涼安は目を細める。

「ふむ、似合っているぞ」

お夕ははにかんだようにうつむき、歩き出す。

羽織姿の吉兵衛がその横に並んだ。

戸口から、竹三が桂に手を添えられて出て来た。

歩いて行くお夕をじっと見つめる。

「まさか、お夕坊の晴れ姿を見られるなんてなあ」

そう言って、鼻を啜《すす》る。

長屋を出て行く父娘を見送って、竹三はゆっくりと中へと戻る。

上がり框に腰を下ろすと、涼安を見上げて竈を指さした。

「先生、すまねえが、火を焚《た》いちゃくれませんか。まだ、種火は残ってるんで」

「うむ」涼安は薪を手に取る。

「湯を沸かすのだな」

「へい、お茶を淹《い》れましょう。それと……」

横に置かれた箱を手に取った。

ゆっくりと蓋《ふた》を開けると、中には赤鬼の面が重ねて納められていた。

「こいつを燃やします」

ああ、と涼安は見つめた。二人が被っていた面だ……。

ほう、と桂が覗き込む。

「これが赤鬼の面か」

ええ、と竹三が頷く。

「ほんとは、棺桶にこっそりと入れてもらうつもりだったんですけど……三途《さんず》の川を渡るときにゃ、人として渡りてえ、と思うようになってきて」

ふむ、と桂が竈を見る。と、火吹き竹を手に取って、竈の前にしゃがんだ。

「よし」と、息を吹く。

ふうふうと吹きかけた息で、炎の勢いが増す。

「これで燃えるであろう」

そう言って桂は横にずれる。

竹三は面の一枚を手に取ると、ゆっくりと腰を上げた。

竈の前にしゃがむと、手にした面を火の中へと入れた。

パチパチという音が鳴る。

「元気な鬼だ」

桂が言うと、竹三は笑みを向けた。

「いろんな顔料を使ってますんで」

涼安はもう一枚の面を手に取り、竹三に渡す。

笑顔のままそれを受け取ると、竹三はじっとそれを見つめた。

「あばよ」

そうつぶやいて、面を火の中に入れる。

パチパチという音が、また響き渡った。

コスミック・時代文庫

剣《けん》士《し》の薬膳《やくぜん》
赤い鬼

2025年4月25日　初版発行

【著 者】
氷月《ひづき》　葵《あおい》

【発行者】
松岡太朗

【発 行】
株式会社コスミック出版
〒154-0002 東京都世田谷区下馬 6-15-4
代表　TEL.03(5432)7081
営業　TEL.03(5432)7084
　　　FAX.03(5432)7088
編集　TEL.03(5432)7086
　　　FAX.03(5432)7090
【ホームページ】
https://www.cosmicpub.com/
【振替口座】
00110-8-611382
【印刷／製本】
中央精版印刷株式会社

ISBN978-4-7747-6640-9 C0193